TreffPunkt

Getroffen - Betroffen

Gewidmet

«Grosi»

Von Mark Mullin

Buchbeschreibung:

Zwei Menschen mit einer gemeinsamen Vergangenheit begegnen sich auf einer verschneiten Brücke im Norden. Diese Begegnung wird für Beide einen grossen Einschnitt in ihr Leben bedeuten. Einst Feinde dann Verbündete kämpfen Sie gegen die Peiniger der Vergangenheit.

WUT IST NICHT DASSELBE WIE HASS. HASS WILL ZERSTÖRUNG. WUT WILL VERÄNDE-RUNG. HASS IST DESTRUKTIV. WUT IST PRODUKTIV

Dieses Buch ist ein Roman, welcher frei erfunden wurde. Möglich Ähnlichkeiten von Personen, Institutionen, Handlungen und Örtlichkeiten sind unbeabsichtigt.

Über den Autor:

Mark Mullin wurde 1965 in der Ostschweiz geboren. Er wuchs als einziges Kind in einer Kleinfamilie auf und lebt heute ein einer kleinen Stadt in der Ostschweiz.

Dies ist sein zweiter Roman nach "Zwischen-Welt" welcher anfangs 2021 erschienen ist.

1. Auflage, 2021

© Mark Mullin – Alle Rechte vorbehalten.

Herstellung und Verlag: BoD - Books on
Demand, Norderstedt

ISBN 978-3-7534-0837-8

Kapitel 1

Endlich Feierabend in der Bankfiliale von Erich Sohm. Die Kirchenglocken nebenan hatten soeben vier Uhr geschlagen und die Empfangsdame hat die aus zwei grossen Glasflügeln bestehende Eingangstüre zur leeren Schalterhalle geschlossen. Ebenfalls wurde die nach dem Eingang gelegene Windfangtüre, die gleichfalls aus Glas bestand, verriegelt. Automatisch wurden damit alle sicherheitsrelevanten Systeme der Bank eingeschaltete und in den Wochenendbetrieb genommen. Erich quittierte das Funktionieren der Anlage wie meistens am Feierabend durch die Eingabe eines nur ihm bekannten Codes an der Anzeige der Alarmanlage. Das Einzige, was jetzt in der Empfangshalle etwas Wärme ausstrahle, war der Weihnachtsbaum, der alljährlich aufgestellt wurde. Mit seinen elektrischen Kerzen, den farbigen Kugeln und dem Lametta strahlte er vor sich hin. Die in rotes Papier eingepackten Geschenke unter dem Baum, verliehen dem ganzen Ensemble etwas Magisches und Warmes. Nachdem die Quittierung erledigt war, begab er sich in sein Büro und räumte seinen Schreibtisch auf. Er bevorzugte es, sich am nächsten Arbeitstag an einen aufgeräumten Arbeitsplatz zu setzen. Erich schlüpfte in seinen dicken Wintermantel, jedoch nicht, bevor er die Krawatte löste, auszog und in der Mappe verstaute. Das Ritual wiederholte sich jeden Abend bei Erich ausser er war im Anschluss an einen Auswärtstermin geladen. Aber auch nach diesem Termin war das erste, dessen er sich entledigte, sein Schlips und liess ihn in der Aktentasche verschwinden. Seine Frau Jorit liebte es jeweils, die zerknüllten Krawatten auszubügeln und in den Schrank zu den anderen zu hängen. Er trat nach draussen. Ihm blies ein kühler Wind entgegen, der mit Schneeflocken durchsetzt war und zu einem Schneegestöber ansetzte. Die Dämmerung war längst in Dunkelheit übergegangen und die Strassen Lampen warfen ihr gelbliches Licht an die Häuserfassaden. Dies ergab zusammen mit dem Schneetreiben eine eigenartig verschwommene Kulisse ab. Die herrschaftlichen hohen Häuser, die im Stadtzentrum anzutreffen waren, gaben den Strassenschluchten den Namen, den Sie verdienten. Wie lange breite Bänder mäanderten sie durch die verschneite Innenstadt mit ihrem gelblich scheinenden Licht. Die Weihnachtsbeleuchtungen in den Strassen, die seit einer Woche erstrahlten, trugen ebenfalls ihren Teil bei zur Beleuchtung der gesamten Szenerie. Die Beleuchtungskörper waren in Glocken, Sternen oder Schneeflocken Formen gehalten. Und hatten bei der Befestigung beim Übergang zum Halteseil jeweils eine farbige Masche montiert. Um die Seile selbst, die an den Häuserfassaden und Kandelabern befestigt waren, wickelte sich eine Lichterkette, welche ein weiches Licht erscheinen liess. Mit wechselndem Lichtmuster von blinkend, zu laufend und dauernd beleuchtete. Die Beleuchtung brannte die ganze Nacht hindurch und schaltete sich bei Tagesanbruch aus. Er vermied es, wenn immer nur möglich mit dem Auto zur Arbeit zu fahren. Dies hatte folgende Gründe. Erstens brauchte er es, sich etwas zu bewegen. Zweitens war er mit dem öffentlichen Verkehr nur wenig später im Büro oder zu Hause als mit dem Auto. Drittens war das Verkehrsaufkommen in der Stadt so gross, dass Staus unvermeidlich waren, und in ihnen zu stehen hasste er. Erich hatte keine andere Wahl, trotz des garstigen Wetters einige Schritte zur Metro zu Fuss zurückzulegen. Dazu passierte er die Fussgänger Passage über die Kanalbrücke und anschliessend weiter geradeaus zur Station. Das war ein kurzer Spaziergang im dichten Schneetreiben. Erich liebte es, nach einem Tag im Bürostuhl für einen Moment an der frischen Luft zu sein. Den Tag Revue passieren zu lassen und sich im Kopf vorbereitend die Agenda für den folgenden Tag zurechtzulegen. Es waren einige Personen unterwegs, die in einer gebückten Haltung liefen, ja rannten fast, um dem Wind so wenig Angriffsfläche wie nur erdenklich, zu bieten. Die einen in schwere Mäntel gehüllt mit einem Hut oder einer Kappe auf dem Kopf und einen Schal um den Hals gewickelt. Mit dem einzigen Ziel so schnell wie möglich nach Hause zu kommen beziehungsweise in einem Lokal zu einem Feierabend Drink zu verschwinden und die Wetterkapriolen abzuwarten. Aus den Geschäften und den Schaufenstern der Warenhäuser strahlten Lichtkegel auf die verschneiten Strassen. An den Restaurants waren die Fenster mit einem feinen Nebel aus Kondensat beschlagen und die Umrisse der Personen im Innern erahnte man mehr, als das sie wirklich erkennbar waren. Wenn ein Gast in das Lokal eintrat oder es verliess, entwich bei jedem öffnen der Türe eine Schwade warmer Luft den Raum, welche sich draussen an der Kälte für kurze Zeit, als Nebel zeigte. Bevor er sich wie von Geisterhand auflöste.

An vielen Läden und Lokalen war die Dekoration für die Weihnachten angebracht und leuchteten verlegen in die Gegend. Erich betrachtete die Szenerie der verschiedenen Lichter und der teilweise skurrilen Bilder die von vorbeigehenden Passanten und deren Schatten, an die Hauswand geworfen wurden. Im Anschluss daran wagte er sich ebenfalls in das Schneegestöber und nahm seinen Weg unter die Füsse. Die Strassen waren nur so geräumt worden, dass immer eine weisse Schicht des himmlischen Puders darauf liegen blieb. Dies benötigte die Aufmerksamkeit so vieler auf dieser Unterlage nicht auszurutschen und hinzufallen. Der Schnee knirschte unter seinen Schritten, als er zur alten Bogenbrücke kam und diese betrat. Fast auf dem höchsten Punkt der Brücke angelangt war, blies eine Böe vom Fjord her ihm einen Schwall Schnee in sein Gesicht. Er drehte sich für einen Augenblick zur Seite, just in diesem Moment stiess ein Passant mit ihm zusammen. Der Rempler versuchte, das

Gleichgewicht nicht zu verlieren, was ihm aber misslang und er stürzte auf den kalten Strassenbelag. Erich gelang es nicht, die Person am Stürzen zu hindern, da er selbst von der Kollision so überrascht wurde, dass er knapp den Mantelärmel des Mannes zu fassen bekam. Dieser glitt ihm aber aus den behandschuhten Händen und er konnte das Hinfallen der Person nicht verhindern. Bevor er begriff, was geschehen war, stand er schon halbwegs wieder auf den Beinen. Erich erkundigte sich, ob er sich gestossen habe oder er Hilfe benötige. Der Herr verneinte dies, zog den dunklen, breitkrempigen Hut zurecht, richtete seine runde Nickelbrille auf dem Nasenrücken und entfernte sich in die Richtung, aus der Erich gekommen war. Einige Sekunden blieb er stehen und schaute dem Passanten nach, bevor er sich zur Metro in Bewegung setzte. Kaum war er unterwegs, kam ihm das Gesicht des Mannes vor Augen, das kurz im Scheine der Wegebeleuchtung zu sehen war. Es schien ihm, als ob er dieses schon einmal gesehen hatte oder sonst wo her kannte. War es ein Kunde von ihm, ein Angestellter? Im Augenblick erinnerte er sich nicht daran und setzte somit seinen Weg zur Metro und nach Hause fort. In der Bahn merkte er, dass sein Fussknöchel etwas schmerzte. In dieser Hinsicht galt sein erster Gedanke dem Hallenfussballturnier von morgen, das er mit seinen Kumpels spielte. In der Hoffnung, diese Schmerzen verschlimmern sich nicht und könnten ihn an einer Teilnahme hindern. Erich war ein begeisterter Fussballer. Er besetzte die Position des Torwartes und zusammen mit seinem besten Freund Marco war er in der Seniorenmannschaft des Quartierklubs am Rande der Stadt. Sie beide veranstalteten jedes Jahr dieses Turnier anstelle einer Weihnachtsfeier. Zum Schluss des Anlasses gesellten sich jeweils die Angehörigen und Freunde der Teilnehmer dazu und es gab warmen Punsch, Kaffee oder Glögg mit einem grossen Stück Kuchen.

Erich bewohnte mit seiner Familie ein dreistöckiges Einfamilienhaus am Rande von Stockholm. Das Haus war ein klassisches Gebäude einer Vorstadt Siedlung in Skandinavien. Nichts Besonderes, aber es reichte. Es besass auf der hinteren Seite einen kleinen Garten mit einer Veranda. Seitlich angebaut war die Garage mit einem Raum, in dem die Gerätschaften und der Grill für die Sommermonate abgestellt waren. Bei gutem, sonnigem Wetter sah man von der Terrasse aus die vorgelagerten Schären Inseln. Das Haus bot nicht zu viel Platz, aber es passte momentan für die kleine Familie. In zwei drei Jahren, wenn die Mädchen grösser wurden, erforderte es die Situation, etwas Grosszügigeres zu finden. Denn der Platzbedarf wuchs.

Zu Hause angekommen zog er seinen beschneiten Mantel und die Schuhe im schmalen Korridor aus, bevor er seine Familie begrüsste. Seine Frau Jorit deckte soeben den Tisch für das Abendessen auf und ihre beiden Töchter Jøgrunn und Aila spielten auf dem Boden mit dem Puppenhaus. Elvis der Neufundländer, ihr Haushund, lag in der Ecke des Wohnzimmers auf seiner Decke und hob träge den Kopf, als Erich in dem Raum erschien. Kaum erblickte er sein Herrchen, eröffnete er aus lauter Freude mit dem Schwanz eine Wedelattacke. Welches eine eindeutige Bitte war, ihn doch zu streicheln und zu liebkosen und ihm zu vermitteln was für ein aufmerksamer Wachhund er sei. Dieser Hund war ehrlich gesagt zu gross für das kleine Haus, das Sie bewohnten. Aber Jorit hatte ihn im Strassengraben gefunden und brachte es nicht über das Herz den Welpen, liegen zulassen oder in ein Tierheim zu bringen. Somit wurde er in die Familie integriert und seit einigen Jahren ist er ein vollwertiges Mitglied der Sippe Sohm. Daneben schlich auch eine Katze im Haushalt umher, welche ebenso das Mitleid von Jorit erweckte. Zwei Nachbarn haben sich getrennt und keine der beiden Parteien strebte es an, das Tier namens Einstein zu sich nehmen. Seine Frau brachte es nicht über Ihr Herz dieses Lebewesen dem Schicksal, sprich dem Tierheim zu überlassen, und somit fand dieser Vierbeiner ebenfalls bei ihnen ein zu Hause. Die Katze lag auf dem Fernsehsessel und rührte sich nicht, als er in Erscheinung trat.

Es gab einen klassischen Fleischeintopf mit Wintergemüse, Kartoffeln und Preiselbeeren Sauce. Herrlich duftete es aus dem Topf, den Jorit mitten auf den Tisch stellte. Erich schöpfte jedem und seine Frau versprach den Mädchen einen kleinen Nachtisch, wenn sie den Teller leerten. Mit ihr war eine geborene Köchin vom Himmel gefallen. In der Küche verstand Sie ihr Handwerk und war jeweils mit Leib und Seele dabei. Mit der gleichen Leidenschaft war sie aber Mutter und Hausfrau. Sie hatte bei der Quartierverwaltung in der Buchhaltung eine kleine Beschäftigung im Umfang von zwei Tagen pro Woche. Ihr Arbeitsplatz war zu Fuss in wenigen Minuten erreichbar. Somit war sie mittags und abends, wenn die Kinder nach

Hause kamen immer rechtzeitig vor Ort. Elvis hatte das Recht manchmal Jorit zur Arbeit zu begleiten. Ansonsten sperrten Sie ihn in den Garten, bis jemand von der Familie zurück war. Dies liess er bereitwillig über sich ergehen, da er dann zumindest seine Ruhe hatte.

Während des Essens meldete sich das Natel von Erich und sein bester Freund Marco war in der Leitung. Er hatte Fragen bezüglich des Anlasses. Doch der Hausherr wies ihn ab und versprach ihm, nach dem Abendessen zurückzurufen. Die Mahlzeit war beendet und die Mädels hatten von ihrem Tag berichtet, da griff Erich zum Handy und rief Marco an. Dieser meldete sich sofort, aber man verstand kein Wort von dem, was er sagte. Der Grund daran war, dass sein bester Freund ein völliger Chaot war, den es zuerst zu erfinden galt. Obwohl er bei der Polizei arbeitete, löste er manche Dinge, des Öfteren, in unkonventioneller Art. in diesem Fall war es wie gewohnt nicht anders. Der Anrufer verspeiste einen Dürüm das aber nicht wie jeder normale Mensch beim Stehen oder Sitzen, nein. Marco war auf dem Fahrrad im Schnee unterwegs und steuerte mit einer Hand das Vehikel, das Mobile hatte er zwischen Ohr und Hals eingeklemmt und in der Anderen hielt er sein Abendessen, in das er genüsslich biss. Erich wartete ein Zeit lang, bevor er etwas zu seinem Gesprächspartner sagte. Erst dann versuchte er erneut das Gespräch aufzunehmen. Doch in diesem Moment hörte er am Telefon ein Rumpeln gefolgt von einem Fluch und einer plötzlichen Stille am anderen Ende der Leitung. Die grösste wahrscheinliche Annahme, dass es Marco in einen Schneehaufen verschlagen hatte, bestätigte sich, als dieser sich eine Viertelstunde später erneut meldete. Er sei jetzt auf dem Weg in die Notfallaufnahme und müsse sich eine Wunde an der Augenbraue, die er sich wegen des Sturzes zugezogen hatte, verarzten lasse. Er sei aber morgen am Turnier auf alle Fälle dabei. Er solle an das Aufstellen der Tore denken und heute Abend

den Schlüssel beim zuständigen Hallenver-
antwortlichen abholen. Marco Seiler ist ein enger Jugend-
freund von Erich. Sie beide waren Vollwai-
sen und verbrachten ihre Jugend zusammen
in einem Kinderheim in der Schweiz. Sie
waren Brüder. Keiner konnte und wollte ohne den Anderen. Meist war es chaotisch mit
den Zweien, aber die beiden verliessen sich
seit Gedenken aufeinander. Erich holte den
Schlüssel, wie es ihm befohlen wurde. Er
schnappte sich erneut Elvis und watschelte
mit ihm zur Sporthalle, die sich nicht weit
weg von seinem Haus stand. Dort traf er den
Verantwortlichen, der ihm diese für den
morgigen Tag aushändigte, damit die Spieler
in die Halle und die Umkleideräume gelangten.

„Zur Redlichkeit"

Auf einer Anhöhe über der Stadt gelegen stand das altehrwürdige ehemalige Kloster und Spital. Ein für damalig Zeiten imposanter Bau. Vier Stockwerke hoch mit einer Sandsteinfassade wahrscheinlich aus den nahen Steinbrüchen in der Region gewonnen. Im Eingangsgeschoss bildet eine hohe zweiflügelige Eichentüre den Eingang zum Gebäude. Reich verziert mit Schnitzereien und schweren Beschlägen, die dazu dienen die Türflügel zu bewegen und abzuschliessen. Jedes der Fenster ist ebenfalls eingefasst mit Gesimsen aus Sandstein und einem Bogen als oberer Abschluss. Die unteren Fenster sind vergittert. Luken bringen Licht und Luft in die Kellergeschosse. Dem Gebäude ist im hinteren Teil, von der Stadt abgewandt, eine kleine Kapelle angebaut. Ebenso eine Holzhalle, welche früher die Stallungen der Besitzer waren. Diese Halle war so umgebaut und angepasst worden, dass sich darin Veranstaltungen aller Art durchführen liessen. Sie diente für den Turnunterricht, Theateraufführungen oder sonstige Anlässe der Institution. Der Komplex war ringsum von einer wundervollen Gartenanlage eingefasst, welche grosszügige Rabatten, Blumenbeete und Ziersträucher umfasste. Ebenfalls etwas abseits gab es einen Teil der Anlage, der mit Obstbäumen versehen war. Für die Küche waren verschiedene Gemüse Beete angelegt, die nicht zum eigentlichen Garten gehörten, sondern hinter dem Anwesen neben der alten Halle lagen.

Betrat man das Gebäude, schlug einem der Geschmack von gebohnerten Böden entgegen und es herrschte eine kühle, gespenstische und stille Atmosphäre in dem Haus. Im Erdgeschoss befanden sich die allgemeinen Räume wie Küche, Mensa und die Schulzimmer. Die Stockwerke waren gegen drei Meter hoch und strahlten ein ehrfürchtiges und strenges Ambiente aus. Die Administration und das Büro des Direktors lagen zuoberst im 4. Stock direkt unter dem

Dachboden, welcher nur von Befugten betreten werden durfte. Ebenfalls auf dieser Etage angeordnet waren Lehrerzimmer, Sitzungsräume und ein Schlafgemach mit einem kleinen Bad für die diensthabende Aufsichtsperson. Erschlossen war dieses Geschoss über das breite Treppenhaus. Auf der Rückseite des Gebäudes führte eine schmale Treppe in den Hof, über die man den Weg zu der Kapelle fand oder in die Halle gelangte. Durch diese Stiege verliess man das betreffende Geschoss unbemerkt. Zwischen dem Erdgeschoss und der obersten Etage lagen die Räumlichkeiten der Heimbewohner. Schlafsäle für sechs Personen. Drei Betten an jeder Seite. Dazwischen ein Schrank für die Kleider, Schulsachen. Mehr gab es nicht zu besitzen. Zwei Lampen erleuchteten den ebenfalls hohen Raum mit spärlichem Licht. Die Säle waren kalt, spartanisch ja fast militärisch und der kleine Kanonenofen in der Ecke des Saales gab kaum genügend Wärme ab, um darin eine angenehme Stimmung zu erzeugen.

Zwischen zwei Schlafsälen waren die Nasszellen angeordnet mit einer Waschrinne in der Mitte und jeweils rückseitig an der Wand Tablare für Zahn Glas, Seife, Waschlappen und Handtuch. Darin wurde die tägliche Hygiene zelebriert von den Kindern zweier Säle. Zweimal pro Woche wurden die Duschen aufgeschlossen, die sich gegenüber des Korridors befanden. Diese waren ebenfalls Gemeinschaftsduschen und die Benutzung unterlag einem strengen Zeitregime pro Durchgang. Daneben waren auf den Stockwerken Aufenthaltszimmer für die täglichen Hausaufgaben und jeweils eine Bibliothek angeordnet. Die beiden Geschlechter wurden akribisch getrennt. Die erste Etage war den Mädchen vorenthalten, die zweite und dritte den Buben.

Im Untergeschoss waren die Wäscherei, technische Anlagen, ein Werkraum für die Knaben und Lagerräume untergebracht. Im tieferen Teil dieses Geschosses war ein weiterer Keller. Was für Räume dort angesiedelt waren, wurde unter Verschluss gehalten. *Eines war klar, wer von der Heim-leitung gezüchtigt wurde, hatte sich in das Kellergeschoss zu begeben und verliess dieses meist in einem schlechteren Zustand, als er es betreten hatte.*

Die Institution wurde von einem Direktor geleitet. Ihm zur Seite standen sich Lehrer, Erzieher und diverse Andere, die zum Betrieb des Hauses nötig waren. Das Kinderheim wurde von einem Heimrat beaufsichtigt. Dieser setzte sich aus sieben verschiedenen Mitgliedern von Behörden und Kirchen zusammen. Einer der damaligen Rektoren hiess Martin Nyffeler. Er war der Herrscher über Zucht und Ordnung. Seine Währung waren die Züchtigungen mit dem Lederriemen auf dem Korridor vor versammelter Bewohnerschaft. Bei grösseren Vergehen war der Gang in das vorerwähnte Kellergeschoss angesagt.

Das war die Umgebung in der Erich und Marco Ihre Jugend verbracht haben. Im Haus „Zur Redlichkeit" welches ihrer Kind-

heit alles an Disziplin und Ordnung abverlangte, teilweise bis zur Unmenschlichkeit. Suizid von einigen jungen Menschen in dieser Institution war keine Seltenheit und plötzliche Umplatzierungen in die Irrenanstalt unweit der Stadt waren an der Tagesordnung. Diese Überführungen fanden immer im Schutze der Dunkelheit statt. Man hörte jeweils nur das Vorfahren eines Fahrzeuges, das Öffnen der Wagentüren und nach einiger Zeit das Zuschlagen derselben und die Wegfahrt des Autos. Anschliessend Stille, die den Kindern vorkam wie der Zeigefinger, der zu Gehorsam aufrief. Welcher Hohn für die Insassen bedeutet das Wort „Zur Redlichkeit" das in goldenen Lettern über dem Haupteingang prangte. Eingeschlagen in den Stein und in die Seelen der Kinder für immer und ewig.

Kapitel 2

Erich erwachte gegen Mittag. Sein ganzer Körper schmerzte vom vergangenen Fussballturnier. Die malträtierten Glieder und die eine oder andere Prellung an der Hüfte und an der Schulter von allzu gewagten Tor Paraden blieben nicht ohne Wirkung zurück. Und erst diese unsäglichen Kopfschmerzen, die wahrscheinlich ja sogar sicher von dem zu vielen Glögg und den Bieren her stammten, die im Nachhinein geflossen sind. Man ist nicht mehr der Jüngste, auch wenn er es nicht wahrhaben wollte, sagte er zu sich, als er in die Dusche stieg und sich das lauwarme Wasser über den Körper rinnen lässt. So langsam verziehen sich die alkoholgeschwängerten Ausdünstungen und er kam in die Form zurück, in denen er den Mädchen und seiner Frau gegenübertreten konnte. Als er die Treppe in die untere Etage hinabgestiegen war und seinen Liebsten entgegentrat, erntet er hinterfragende Blick von Jorit und grosse Augen seiner Kinder. Frei nach dem Motto, „Wie siehst du den aus? Bist du krank!" Selbst Elvis, der Verräter auf der Decke liegend, getraut sich nicht recht in die Richtung von Erich zu schauen vor lauter Angst die Krankheit, die sein Herrchen hatte, sei ansteckend oder es werde ihm übel davon. Wortlos schenkte er sich einen Kaffee ein und hauchte seiner Herzdame einen Kuss auf die Wange welchen Sie versuchte abzuwehren. „Guten Morgen," kommt es mit einem zynischen Unterton aus ihrem Mund. „Gut wäre anders, glaube ich," erwiderte Erich und legte einen Arm um die Taille seiner Frau. „Du weisst aber, dass wir in einer halben Stunde abfahren müssen. Wir sind bei meinen Eltern zum Essen verabredet." „Au Shit!" Kommt es aus Erichs Mund. „Habe ich total vergessen, wie konnte ich nur," feixte er zu Jorit. Sie stiess ihm für diese Bemerkung sanft den Ellbogen in die Seite. „OK alles klar, aber zuerst gehe ich noch einige Schritte mit Elvis ins Freie. Wir sind in einer Viertelstunde zurück." Er dackelte in den Korridor, nahm die Winterjacke vom Haken und ergriff die Leine. „Los Elvis komm," rief Erich, doch der Hund schaute ihn nur bemitleidenswert an und zögerte, es war ihm peinlich, mit einer halben Alkoholleiche draussen gesehen zu werden. Einige Aufforderungen später und dem Angebot von möglichen „Leckereien" gab er den Bemühungen seines Herrn nach und trottete er mit ihm ins Freie. Ein paar Schritte mit dem Hund an der frischen Luft ersetzt die Kopfschmerztablette nahm er an und stapfte mit Elvis die Strasse runter zu dem kleinen Waldstück am Rande der Siedlung. Die letzten Nebelschwaden verzogen sich in Richtung Stadt und hinterliess einen klaren und frostigen Morgen. Die Gehwege waren eisig und Erich passte auf, wo er hintrat, damit er nicht unfreiwillig ausrutschte und auf dem Allerwertesten landete. Was für seine bereits bestehenden Schmerzen wohl nicht bekömmlich wäre. Kaum hatte Elvis sein Geschäft verrichtet, kehrten sie auf dem kürzesten Weg zurück.

Zu Hause stand die Familie fertig und zum Aufbruch bereit vor dem Garagentor und wartete auf den Hausherren. Erich verlud den Hund in den Kofferraum des Autos und eilte, in den Korridor seine Hunde-Jacke gegen den Mantel auszutauschen, den er üblicherweise anzog, wenn er sich zur Arbeit aufmachte. Kaum hatte er das Teil angezogen, bemerkte er, in der linken Manteltasche etwas schmales, ein flaches Stück Metall. Er zog den Gegenstand aus der Tasche und hielt einen USB-Stick in der Hand. Ohne gross darüber nachzudenken legte er ihn in der Küche auf die Frühstücksbar und machte sich daran, zu den Schwiegereltern zu fahren. Auf der Fahrt zu der Einladung rief Marco mit einer solch verkaterten Stimme an, dass Annafrid die Freundin sich für ihn entschuldigte. Dem Anruf entsprechend, war sein Freund nach dem Fussballturnier zu einigen Bierchen mehr gekommen und die zeigten bei ihm seine Wirkung. Jorit und Erich schmunzelten und lachten heimlich. Die Mädchen auf dem Rücksitz bekamen davon nichts mit. Aila bemerkte, dass die Stimme, die aus der Freisprechanlage krächzte, ihrem Patenonkel gehören könnte, aber das war es dann schon. Die ältere Jøgrunn erkannt ihre Patentante Annafrid und grüsste sie aus dem Hintergrund. Der Grund des Anrufes war, dass sich sein Freund nach dem Wohlbefinden von Erich erkundigen wollte. Er bemerkte, dass seine Fürsorge völlig unbegründet war. Da die Familie wohlauf schien und in Richtung Grosseltern unterwegs waren. Marco verabschiedete sich murmelnd und Erich würde wetten, dass sein Freund beim Wort Adieu in der Verabschiedung bereits wieder im Reich der Träume schwebte.

Bei den Schwiegereltern auf dem Hof angekommen, wartete Lasse, Erichs Schwiegervater vor dem Haus. Kaum angehalten sprangen die beiden Mädchen aus dem Auto und liefen ihrem geliebten Grossvater geradewegs in die Arme. Ebenfalls wurde Elvis im Fond des Wagens unruhig. Der Hund der Gastgeber Luno stand hinten am Auto und bellte, um seinen Kumpel willkommen zu heissen. Kaum war die Heckklappe offen, sprang Elvis aus dem Fahrzeug, beschnupperte seinen Gefährten kurz und verschwanden mit ihm zusammen in einem Spurt im alten Güterschuppen, der seitlich auf dem Anwesen stand. Erst jetzt war es Erich möglich, seine Schwiegereltern in aller Ruhe zu umarmen, und zu begrüssen. Als sie das Wohnhaus betraten, überkam sie eine wohlige Wärme. Im Kamin in der grossen Stube brannte ein Feuer, dieses verbreitete eine angenehme Wohnlichkeit in den aus Holz getäferten Räumen. Die Rückwand des Ofens, der zusammen mit dem Herd der Küche verbunden war, schaute aus der Wand in das Zimmer. Seine Abdeckung mit einer dicken und schwer aussehenden Platte aus schwarzem Schiefer speicherte die Wärme für lange Dauer und gab sie wohldosiert und konstant an die Umgebung ab. In den Schlafzimmern und Räumen der oberen Etage war es kühl und ungeheizt. Erich kannte diesen Umstand aus der Zeit, in der er Jorit kennen lernte. Er verbrachte zusammen mit ihr des Öftern eine Nacht dort oben. Die Mittagszeit war angebrochen und aus der Küche verbreitete sich ein feiner Duft durch das Haus. Es roch nach Mittagessen. Kross gebratener Schweinebraten aus dem Ofen, Kartoffelstock und Gemüse wurde aufgetischt. Was zu riechen war, aber mehr im Hintergrund, waren die Kekse, die Hedda jedes Jahr zu Weihnachten backte, und die im Anschluss an das Essen zum Kaffee serviert wurden. Nach dem feinen Mahl begaben sich die Mädchen mit Grossvater zum Schuppen. Zu den Kaninchenstallungen und Hühnergehegen, die ihre Grosseltern unterhielten. Ebenfalls hinter der Scheune, gab es einen kleinen eingezäunten Weiher, auf dem sich einige Enten und Gänse tummelten. Im Moment waren diese damit beschäftigt möglichst Abstand zwischen die beiden Hunde und sich zubringen. Trotz des trennenden Geheges.

Es war kalt draussen, die Dunkelheit brachte ebenfalls über die Stadt ein und ein leichter Schneefall hatte wieder eingesetzt, als die drei mitsamt den beiden Hunden zurück ins Haus kamen. Es gab selbstgebackenen Kuchen mit Sahne und einer heissen Schokolade für die Mädchen. Die Erwachsenen unterhielten sich über den Alltag und die Geschehnisse auf der Welt. Dabei kam das Gespräch auch auf die Zukunft des Hofes, wenn einer der zwei Alten stirbt oder definitiv beide nicht weiter in diesem Haus leben können. Die Schwiegereltern gaben den Hof vor einigen Jahren auf, da sich Lasse an den Hüften operiert wurde und er nicht mehr im Stande war, die anfallenden Arbeiten auf dem Hof zu verrichten. Hedda, die Schwiegermutter wäre froh darüber, dass Sie den Gutsbetrieb aufgegeben hatten. Sie, ebenfalls angeschlagen, hatte vor einigen Jahren einen leichten Hirnschlag und besuchte für längere Zeit in eine Rehabilitation, bis sie wieder einigermassen gesund war. An eine Nachfolge aus der Familie kam keiner in Frage. Jorit und Erich hatten ebenso wenig Ahnung von der Landwirtschaft wie Ihr Bruder Mats oder ihre jüngere Schwester Smilla. Der Bruder lebte mit den seinen in Malmö und arbeitete dort an der Universität für Kommunikationswissenschaften. Seine beiden Jungs waren im Alter von Jøgrunn und Aila. Die Schwester von Jorit, wohnte auf Gotland zusammen mit ihrem Freund und betreibt dort ein „Bead and Breakfast." Mit einem angegliederten Fahrradverleih. Ihr Lebenspartner Liam betrieb mit einem Bekannten einen Fischkutter, mit dem Sie ihren Lebensunterhalt verdienten. Die beiden waren Eltern von einem fünfjährigen Jungen namens Nalle und einem drei Jahre alten Mädchen Svea. So kam es das Lasse und Hedda das Vieh und die Geräte verkauften bis auf die Kleintiere, die sie mehr zum Zeitvertreib und für die Enkelkinder hielten. Manchmal fand eines der Tiere den Weg über den Kochtopf von Hedda in die ewigen Jagdgründe, aber auch diese wurden weniger. Das Land verpachteten Sie an einen benachbarten Bauern, der für sie die Bewirtschaftung übernahm. Beide waren sich bewusst, dass der Zeitpunkt näherkam, als ihnen lieb war, an dem Sie den Hof für immer verlassen mussten und der Weg in ein Altenheim unausweichlich blieb.

Für Erich und Jorit gäbe es einzig die Möglichkeit, in das Wohnhaus der Grosseltern zu ziehen. Dabei fielen einige Renovationsarbeiten an, welche kostspielig sind und bei einer alten Liegenschaft hohe Kosten verursachen können. Lasse und Edda wären froh darüber, wenn das Haus im Besitz der Familie bliebe, aber Grossvater fiel der Gedanke schwer den Hof zu verlassen. Obwohl er sich insgeheim eingestand, dass es in naher Zukunft so sein wird.

Das Gespräch plätscherte so dahin. Die Kinder schauten sich eine Sendung im Fernsehen an, derweil sich die Erwachsenen weiter unterhielten. Die Hunde dösten im Korridor eng aneinander liegend vor sich hin. Es war gegen vier Uhr nachmittags, als die Familie Sohm den Hof der Eltern verliess und nach Hause fuhren. Nicht ohne das Versprechen von Ihrem Grossvater zu erhalten, dass die beiden Mädels mit ihm in den Wald dürften ihren Weihnachtsbaum auszusuchen. Erich hatte sich mit Lasse bezüglich der Aktion des Baumes auf den Tag vor Heiligabend geeinigt.

Die Abenddämmerung setzte ein, als sich Jorit und Erich mitsamt der ganzen Bagage den Hof in einem dichten Schneetreiben Richtung Stadt verliessen. Sie kamen nur langsam vorwärts, da die Schneeräumungsgeräte in hoher Anzahl unterwegs waren und teilweise die freie Fahrt behinderten. Der gesamte Verkehr bewegte sich träge wie ein Hundertfüsser auf der Autobahn Richtung Stadt.

Zu Hause angekommen begab sich Erich mit Elvis auf eine Runde. Die Mädchen schauten fern und Jorit zauberte ein kleines Abendessen auf den Tisch. Während er mit dem Hund unterwegs war, kam ihm der Fund in seiner Tasche von heute Morgen vor Augen und er versuchte, sich daran zu erinnern, woher dieser stammte. Es kam ihm nicht in den Sinn und er erinnerte sich nicht, von wo er diesen hatte. „Ein Werbegeschenk?" Aber von wem fragte er sich. Er hatte keinen Plan. Zurück bei seinen Frauen, ass er etwas Kleines, bevor er sich vor die Glotze setzte und im Sofa liegend seinen an Umfang gewinnenden Bauch betrachtete. Jorit gesellte sich zu ihm auf die Couch und fuhr mit den Strickarbeiten zu einer Jacke für Alia weiter. Gegen 22 Uhr erwachte Erich auf dem Sofa. Seine Frau war schon in der oberen Etage im Bad. Er erhob sich von seiner Liegestelle, schaltet den Fernseher aus und bewegte sich ebenfalls einen Stock höher. Im Korridor vernahm er im Vorbeigehen den hörbaren Schlaf von Elvis. Er schaute bei den Mädels kurz ins Zimmer, beide schliefen tief und fest. Er putzte sich die Zähne und legte sich neben seine Frau.

Am nächsten Morgen war er früh wach und die Strapazen des Wochenendes waren definitiv verflogen. Er sah aus dem Fenster, während er seinen Kaffee trank und schaute in die Morgendämmerung, die einen sonnigen Tag versprach. Der Schnee lag leicht aussehend auf der Terrasse. Ein feiner, fast zierlicher Wind blies und liess kleine Schneeverwehungen entstehen, worauf er schloss, dass es draussen kalt war und er mit der Metro zur Arbeit fuhr. Da er an diesem Tag keine auswärts Termine hatte, liess er den Wagen zu Hause. Jorit kam soeben zurück von der ersten Runde mit dem Hund. Elvis Fell war übersät mit Schneeklumpen, die an ihm klebten, und Jorit sperrte ihn in die Garage, damit der Schmelzvorgang dieses Schnees nicht im Haus stattfand und das ganze Gebäude überflutet. Sie selbst hatte eine rote Nasenspitze und als Sie Erich einen Kuss auf die Wange drückte. Er nahm die Kälte auf seiner Haut wahr, die den Geschmack von Winter in seine Nase aufsteigen liess.

Gegen Mittag rief ihn Marco in seinem Büro an, ob er Zeit fände, einen Happen zu essen. Erich kam es gelegen eine kurze Mittagspause einlegen und traf sich mit ihm in einer kleinen Kneipe um die Ecke. Sie unterhielten sich über das vergangene Wochenende und die nachfolgenden Beschwerden infolge des zu hohen Alkohol Konsums. Ebenso sprachen Sie von ihren Alltagserlebnissen und den anstehenden Festtagen, die vor der Türe standen. Erich erwähnte Marco gegenüber den USB-Stick, den er in seiner Tasche gefunden hatte, und fragte ihn, ob dieser ihm gehörte. Er verneinte, daraufhin erkundigte er sich nach dem Inhalt auf dem Träger. Er antwortete nur mit einem Kopfschütteln, da er den Mund voll mit einem Fischbrötchen hatte. Kaum hatte er den Bissen runtergeschluckt, negierte er die Frage an seinen Freund und Begleiter.

Zurück im Büro suchte Erich nach dem besagten Stick, fand ihn aber nicht, bis er sich daran erinnerte, dass er ihn zu Hause auf der Frühstücksbar das letzte Mal gesehen hatte. Er hatte ihn vergangenen Freitagabend dort hingelegt. Er vergass den Stick ein weiteres Mal da ihn das Tagesgeschäft vollends vereinnahmte und er seinen

Kopf für andere Sachen benötigte. Nach Feierabend lief er auf dem Weg zur Metro abermals über die bekannte Brücke. Ihm erschien wie vom Blitz getroffen der Zusammenstoss mit dem Unbekannten vor Augen. Dessen Gesicht konnte er immer noch niemandem zu ordnen. Zu Hause angekommen, begab er sich zuerst mit Elvis auf seine Runde, nahm mit der Familie das Abendessen ein und besuchte zusammen mit dem Hund die Hundeschule. Was angesichts der Rasse Neufundländer eher ein aussichtsloses Unterfangen war. Aber Elvis gefiel es und Erich genoss es, für eine Stunde an der frischen Luft zu sein. Zurück von dem Erziehungskurs nahm er den Stick von der Bar und verzog sich in die obere Etage an seinen Laptop, öffnete diesen und steckte ihn ein. Auf dem Verzeichnis des Datenträgers war ein Ordner ersichtlich. Beschriftet mit einigen Ziffern. Vermutlich ein Kürzel oder Ähnliches. Darin war eine Tabelle abgelegt aufgeteilt in verschieden Spalten die zwei-, drei- und mehrstellige Zahlen enthielten. Erich betrachtete die Kombinationen und wusste damit nichts anzufangen. Selbst nach längerem Betrachten der Daten konnte er sich keinen Reim darauf schliessen, was er vor sich hatte. Waren es Beträge, Codes, Koordinaten ahnungslos, für was diese Zahlenreihen gebraucht wurden oder woher diese stammen könnten. Inzwischen war es gegen 22 Uhr und eine bleierne Müdigkeit zwang Erich dazu, sich schlafen zu legen.

Am folgenden Tag rief Erich Marco an und erzählte ihn von dem Inhalt des Sticks und dass er keine Ahnung hätte, was damit anzufangen sei. Er aber habe das Gefühl, dass derjenige dem das Teil gehört, etwas verloren hatte, was möglicherweise wichtig war. Marco versprach ihm am Abend bei der Familie Sohm aufzutauchen und sich den Datenträger und dessen Inhalt genauer anzuschauen. Schliesslich war er ja Leiter der hiesigen Polizei in der Abteilung Wirtschafts- und Internetkriminalität. Erich forderte Marco auf, doch mit ihnen zusammen Abend zu essen dann könnten sie im Anschluss daran nachforschen, was es mit den Zahlen auf sich hatte. Und den Besitzer herausfinden, damit der USB zurückgegeben werden kann. Erich informierte Jorit, dass ihr Familienfreund beim Nachtmahl ebenfalls anwesend sei und sie ein weiteres Gedeck auflegen möge. Gegen halb sieben abends, ungewöhnlich pünktlich für Marco, stand er vor der Haustüre. Aila sein Patenkind stürmte auf den Besuch los und umarmte ihn mit ihren feinen Armen, als hätte sie ihren Paten schon jahrelang nicht mehr gesehen. Das Abendessen war vertilgt und die obligate Spielrunde von Aila und ihrem Patenonkel fertig war, holte Erich seinen Laptop und den USB-Stick in der oberen Etage und setzte sich zusammen mit Marco an den Wohnzimmertisch. Computer und Daten geöffnet und beide schauten sich nach einer gewissen Weile gegenseitig ahnungslos ins Gesicht. Auf dem Teil war nichts zu finden, das auf einen Besitzer hindeutete. Die Zellen der ersten Spalte waren mit einer 11-stelligen Ziffer befüllt, nachfolgend kam eine dreistellige Zahl gefolgt von weiteren Kombinationen. Insgesamt waren es gegen 20 Spalten mit 200 Zeilen. Sie suchten die Tabelle nach Formeln, Verknüpfungen oder Verlinkungen ab. Aber kein Ergebnis. Es waren nur die nackten Zahlen auf diesem Dokument. Nach einer gefühlten Ewigkeit schlug Marco vor, den Stick an sich zu nehmen und den Inhalt über den Polizeicomputer laufen lassen und zu checken. Bestand vielleicht da eine Chance, hinter das Geheimnis der Zahlenreihen zu kommen. „Du willst mir aber nicht sagen Kollege, dass dies erlaubt ist oder?" Schaute Erich Marco an. „Was ist schon Recht und was nicht," erwiderte der Angesprochene „es gilt etwas aufzuklären und dafür ist die Polizei schliesslich da." Begehrte er auf. Dazu ist es wichtig, zu wissen, sein Freund war ein absolutes Genie, wenn es um Informatik, Software, Hackerangriffe handelte. Das war der Behörde bewusst und Marco ebenfalls. Das wiederum gab ihm die Freiheit etwas ausserhalb der Legalität zu wirken und das nutzte er aus. Sein Freund verabschiedete sich von der Familie Sohm. Abrupt, wie aus heiterem Himmel kam Erich das Antlitz des Mannes auf der Brücke in den Sinn. Er versuchte, sich an ihn zu erinnern. Aber er war nicht fähig, die kurze Sequenz, in der er die eine Gesichtshälfte im Halbdunkeln sah, irgendwo einzuordnen. Er verwarf den Gedanken an das Gesicht wieder und sagte seinem Freund auf Wiedersehen.

„Erich und Marco"

Erich Sohm kam als Säugling im Alter von zwei Jahren in das Kinderheim „Zur Redlichkeit" und wuchs dort unter der Aufsicht von diversen Heimleitern, Erzieherinnen und Lehrern auf. Er kannte seine Eltern nicht. Ausser auf einigen Fotos die ihm von Ihnen übriggeblieben sind. Gesichter auf Papier, leblos und ohne Wärme. Das Einzige, was ihn an seinen Vater und Mutter erinnerte, war ein hellblauer Schnuller und eine Babyflasche, auf der mit filigranen Zügen sein Name und sein Geburtsdatum aufgemalt waren. Seine Eltern waren im Stoffhandel tätig. Mit einem eigenen kleinen, aber feinen Vertrieb. Seine Mutter besorgte die administrativen Aufgaben und half bei dem Versand und den Zuschnitten der Stoffe mit. Der Vater kümmerte sich um den Einkauf und Verkauf der Textilien sowie um deren Veredelung. Am Tod seiner Eltern war ein Autounfall schuld. Sie waren unterwegs, um von den vielen Heimarbeiterinnen im ländlichen

Umland die Arbeiten abzuholen. Was genau geschehen ist, wurde nie aufgeklärt. Man fand das Auto am Fusse eines Abhanges völlig demoliert mit den beiden Toten darin. Eingeklemmt und leblos in einem Haufen Schrott. Mit diesen wenigen Informationen von ihnen musste sich Erich bis zum heutigen Tage begnügen. Mehr wurde ihm nicht gesagt. Es lag eine Decke des Schweigens über dem Tod der Eltern der Familie Sohm. Für ihn war das Heim sein zu Hause und er kannte nichts anderes als dieses. Zu Hause setzte er lange gleich mit Ordnung, Disziplin und Gehorsam. Das Positive für ihn war, dass er sich nie über Einsamkeit beklagte. Es waren immer viele Kinder um ihn herum und es wurde ihm nie langweilig. Jedoch bezahlte er unbemerkt für fehlende Nähe, Wärme und Elternliebe einen hohen Preis. Denn er kannte diese Begriffe schlechthin nicht. Erstmals lernte er die Bedeutung dieser Worte in der Pubertät kennen. Durch die Neugier am anderen Geschlecht erfuhr er zum ersten Mal so etwas *wie eine Art Geborgenheit. Wenn auch nur kurz und oberflächlich. Doch der Alltag im Kinderheim präsentierte sich nicht so. Er war kein auffälliges Kind und der Lederriemen der Inbegriff von Bestrafung im Heim hatte seinen Hintern wenig gesehen, da waren andere besser bedient damit.*

Was ihm zu keiner Zeit aufgefallen war, er stand zusammen mit Marco nie zur Auswahl adoptiert zu werden. Es gab zweimal im Jahr einen Tag, an dem fremden Ehepaaren Kinder vorgeführt wurden. Es war eine Aufführung der Sonderklasse. Kein Theater auf der ganzen Welt, hätte diesen von Sarkasmus triefenden Anlass besser inszenieren können oder wäre fähig gewesen, diesen realistischer darzustellen. Man brachte die auserwählten zur Adoption möglichen Kinder im Alter von vier bis sechs Jahren nach Geschlechter getrennt im Garten zu dem ausgewählten Paar. Die beiden Parteien beschnupperten sich in der kurzen Zeit. Ein Sklavenmarkt der Moderne. Eine höchstens zwei Stunden entschieden über den weiteren Verlauf des Lebens. Unter den nicht ausgewählten Insassen wurde dieses Schauspiel mit Argusaugen überwacht. Es wurden Wetten darauf abgeschlossen, wer ein Paar findet und wer nicht.

Der Entscheid zur Annahme des Kindes fällten die möglichen Adoptiveltern mit dem Heim. Mitsprache oder Befragung zur Adoption seitens des kindlichen Geschöpfes, Fehlanzeige. Das nicht selten vorkommende Szenarium war, dass die Kleinen die vermeintlich einen Platz ausserhalb der Institution gefunden hatten, standen nach einer gewissen Zeit wieder vor der Tür und wurden kommentarlos und ohne grosses Aufheben in den Heimalltag integriert. Anscheinen bestand ein Rückgaberecht auf die Ware. Diesem Vorgang schenkte er keine Beachtung. Es war für ihn nur von geringer Bedeutung.

Das Leben im Heim war ein Spiessrutenlaufen zwischen erlaubt sein, erforderlich sein und möglich sein, gepaart mit den Launen des Heimpersonales. Diese Atmosphäre sog er gewissermassen mit der Muttermilch auf. Er erkannte sofort, wo die Fettnäpfchen lauerten und wo es Strafen hagelte. Mit seinen angeborenen Instinkten und seiner Erfahrung entging er der einen oder anderen Lederriementirade aus dem Weg aber immer verhindern, unmöglich. Zu gross war der nicht beeinflussbare Faktor die Launen des Personales. Nebst dieser Art von Züchtigung im Haus „Zur Redlichkeit" wurde in der Institution der Gang in das Kellergeschoss zur Besinnung angewendet. Sein persönliches und fast einziges Ziel war es, nie von einer Erziehungsperson in dasselbe begleitet zu werden. Meist kamen die Kinder, die in dieses Geschoss verfrachtet wurden, einige Stunden später manchmal nach einem Tag zurück und wirkten wie weggetreten. Sie waren schmutzig, stanken und scheuten das Tageslicht, weil es sie blendete. Es dauerte jeweils sehr lange, wenn überhaupt, bis diese Geschöpfe einigermassen in der Gesellschaft wieder angekommen waren. Zu einem späteren Zeitpunkt erfuhr er, dass in diesem Geschoss die grausamste Strafe an Kindern vollbracht wurde, die man sich nur vorstellen konnte. *Entzug von Licht, das bedeutete, sie waren in einem stockdunkeln Verlies mit feuchten Wänden und einer entsprechend kühlen Atmosphäre ausgesetzt. Ohne jeglichen Kontakt zu anderen, denn die Zellen waren mit schweren Holztüren verschlossen. Die Ausstattung der kargen Räume bestanden aus einer harten Pritsche aus Holz, einem Eimer für die Notdurft und der unheimlichen Stille der Dunkelheit. Essen gab es einmal am Tag. Das war der Keller, der mit grösster Sicherheit zu einigen Verbrechen an der Menschheit geführt hat, sobald die Insassen in die Zukunft entlassen wurden.*

Ab seinem 16. Geburtstag besuchte Erich ausserhalb des Heimes die weiterführenden Schulen. Er und sein Freund Marco waren die Einzigen, die in den Genuss dieses Privileg kamen, es den Jungs nicht klar, wieso sie beide. Den zweien war das ehrlich gesagt so etwas von egal. Hauptsache end-

lich den Atem der weiten Welt schnuppern.
Nun ja, so gross war es zum Anfang nicht,
denn die zwei Freunde waren dazu verdon-
nert eine halbe Stunde nach Schulschluss
sich auf der Komturei des Heimes zurück-
melden.

Die beiden Jungs lernten sich rein zu-
fällig kennen. Eines Tages stand Marco ver-
loren neben dem Bett von Erich und war von
diesem Zeitpunkt an sein treuester Freund
und Begleiter. Sie liessen nicht voneinander
ab. Bis zum heutigen Tag. Er half Marco da-
bei, wenn er seine Unordnung nicht geregelt
bekam, und räumte ihm dafür den Spind auf.
Im Gegenzug schlüpfte Erich bei Marco un-
ter die Decke, wenn am Abend die unheim-
lich zischenden Geräusche des Lederrie-
mens im Korridor vernahm. Bevor der Rie-
men jeweils auf das weiche, nackte Fleisch
einer Pobacke eines Insassen aufschlug und
ein nachfolgend erstickender Schrei des
Geschlagenen ertönte. Später als es Pflicht
wurde, der Bestrafung eines Schuldigen zu
zusehen, war Erich froh, wenn er die Hand

von Marco halten durfte. Bei jedem Schlag zuckte diese unmerklich zusammen. Speziell wurde dieses Zeremonie, nachdem ein neuer Direktor mit dem Übernamen „Ungeheuer" das Zepter übernommen hatte. Er selbst übernahm die Ausführung der Bestrafungen vor, was bei seinen Vorgängern nicht so üblich wahr. Erich fürchtete sich vor den beiden zu Schlitzen geformten Augen des „Ungeheuers" die besessen davon waren die Schläge zu vollziehen nicht vergessen. Öfters wachte er im Schlaf auf und sah diese Fratze grinsend vor sich. Der Strafen Katalog unter der Führung des „Ungeheuers" wurde ausgebaut. Dazu zählten Duschen mit Kaltwasser je nach Vergehen zwischen zwei und fünf Minuten. Knien auf einem Holzlineal für eine längere Zeit war ebenfalls eine beliebte Art der Strafe. Bei den Schlagorgien des „Ungeheures" war es den Anwesenden verboten, während des Aktes der Züchtigung die leiseste Regung zu zeigen. Wer dieser menschlichen Reaktion nicht widerstand, bezog in der Regel seine

Portion Hiebe direkt im Anschluss danach. Der Direktor legte eine Kaltschnäuzigkeit an den Tag, bei den Bestrafungen oder deren Überwachung, die des ihres gleichen suchte. Kein Zucken durchlief sein Gesicht und keine Perle von Schweiss zeigte sich auf seiner Stirn, wenn er zuschlug.

In der Ära dieses Mannes fuhren die Wagen des Bestatters mehrmals vor, um die armen Geschöpfe abzuholen, die Hand an sich selbst legten. Vorzugsweise Mädchen, die der Scham oder den nachfolgenden Spuren, den Striemen auf der Seele erlagen. Damit keine Gerüchte aufkamen, wurden die Abtransporte der Leichen meistens nachts abgeführt. Aber genau dieses Vorgehen heizte die Gerüchteküche unter den Heimkindern gewaltig an. Erich und Marco beteiligten sich wohlweislich nicht an der Verbreitung dieser diffusen Nachrichten da beim Erwischen eines Fehlenden der Keller drohte. Die Anhäufung von Umplatzierungen, war eine Eigenart der Führung unter dem Ungeheuer. Die Aufenthaltsdauer von gewissen

Insassen wurde immer kürzer. Kaum im Heim angekommen, wurden die Kinder wieder abgeholt mit der Begründung wegen Platzmangel in eine andere Institution gebracht zu werden. Auffallend war das Alter dieses Klientel meist zwischen fünf bis zehn Jahre. Obwohl der Schlaftrakt der Mädchen teilweise leer stand und es bei den Jungs ebenfalls einige frei Betten gab.

Dies alles war für die beiden Alltag und es handelte sich nur darum, diesen drakonischen Strafen auszuweichen und möglichst unauffällig zu bleiben. Die zwei Freunde schlossen erfolgreich die Matur ab und konnten mit einem Stipendium der öffentlichen Hand das Studium an der Universität in der Stadt absolvieren. Erich studierte Finanzwirtschaft und Marco schrieb sich in der Informatik ein. Während der Hochschulausbildung waren Sie beide das erste Mal frei in ihrem Tun und Lassen. Keine strengen Regeln oder Züchtigungen standen auf dem Programm. Doch die Gedanken daran waren in ihr Wissen und Gehirn eingebrannt.

Des Öfteren ertappte sich Erich, wie er in der Nacht lauschte und auf das Zischen des Lederriemens wartete.

Beide inzwischen zu jungen strammen Männern herangewachsen absolvierten den Militärdienst erfolgreich und begaben sich zusammen nach Studium und Militär, mit dem bisschen restlichen Geld, das sie mit Gelegenheitsjobs verdienten auf eine Weltreise. Für beide kam diese Reise vor wie ein Traum. Sie sassen zum ersten Mal in einem Flugzeug und flogen. Sie düsten vor allem davon. Sie bestiegen den Zug und die Geleise des Eisenrosses brachten Sie Stunde für Stunde und Kilometer um Kilometer weiter weg von dem Gebäude mit dem Namen „Zur Redlichkeit". Ihre letzte Station auf dieser Reise war Skandinavien. Sie erkundigten sich nach den Einreiseformalitäten und allfälligen Arbeitsmöglichkeiten. Erich wurde in der Finanzwelt schnell fündig und erlernte die schwedische Sprache rasant dank seiner Disziplin, die er in dem Heim und im Studium gelehrt bekam.

Marco hatte Mühe mit dem Gedanken nicht in der Schweiz zu bleiben. Bei einem seiner unzähligen Besuche seines Freundes Erich lernte er die schlanke, brünette und ebenso unaufgeräumte und unorthodoxe Annafrid kennen. Somit beschloss er, ebenfalls in Schweden ansässig zu werden und mit ihr zusammen eine chaotische Beziehung einzugehen. Im Innersten von Marco jubelte es, denn in der Schweiz vermisste er seinen Erich dermassen, dass er oft des Nachts in das Kissen weinte vor Sehnsucht nach seinem einzigen Freund. Nun waren beide vereint in Stockholm und hatten beste Aussichten auf ein erfolgreiches Leben. Marco bekam mit der gütigen Mithilfe des möglichen zukünftigen Schwiegervaters, einen Platz an der Polizei Schule. Diese schloss er mit Bestnoten ab. Seine Fähigkeiten in allem was erlaubt war oder weniger in der Informatik öffneten ihm Tür und Tor bei den Hütern der Ordnung so dass er schnell in den Rang eines Poliskommissarie aufstieg. Sein einziger innerer Widerstand gegen seine Heimvergangenheit war das Chaos im Alltag. *Er war so ein planloser und unordentlicher Mensch, dass ihm am Vorabend seiner Brevetierung zum Kommissarie in den Sinn kam, dass ihm seine Polizei Uniform noch fehlt. Er hatte keinen Erfolg mit seiner Suche in der Wohnung. Wie und wo denn auch? Er hatte sich so eine chaotische Lebensweise angewöhnt, wo hätte er suchen sollen. Bis seine über alles geliebte Annafrid ihm die Kluft brachte. Per Zufall fand sie diese in einem ihrer Kleiderschränke unter dem Karnevalsfummel der letzten Jahre. Er presste sich in die ungeliebte Hülle, um vor versammeltem Publikum, würdig vereidigt zu werden. Annafrid war genau dieselbe chaotische Person wie er. Sie war ein liebenswerter und warmherziger Mensch, welche in ihrem Marco wahre Wunder bewirkte. Seine inneren Wunden aus der Kindheit fingen an, langsam zu verheilen. Das Chaos der beiden war der Grund, weshalb die zwei noch nicht verheiratet waren. Sie fanden schlicht keine Termine für das Stan-*

desamt. Der Lebenslauf von Erich verlief ge-
radliniger als derjenige von seinem besten
Freund Marco. Nach dem Entscheid in
Stockholm zu bleiben kam er über ein Portal
der schwedischen Regierung in ein Programm für Ausländer mit hohen Qualifikatio-
nen, die eine Anstellung suchen. Dabei fand
er bei der Landesbank von Schweden zu
dem Job, den er im Moment bekleidete. Relativ, schnell nach dem er seine Stellung an-
gefangen hatte, lernte er seine zukünftige
Frau an einem Kurs kennen. Sie verliebten
sich und in kürzester Zeit war Jorit schwanger. Es wurde geheiratet ein Haus gekauft
und kaum war das Familien Nest bezogen
und die Kleine auf der Welt meldete sich das
zweite Baby an. Dies alles umrahmt von den
Chaosattacken seines mittlerweile ebenfalls
in Stockholm lebenden Freundes Marco.
Insgeheim war Erich froh, dass er in seiner
Nähe war. Er hatte ihn die ganze Zeit ebenso vermisst wie Marco ihn in der Schweiz
vermisste. Er war glücklich in dem gewähl-

ten Land, in dem er mit seiner kleinen Familie lebte. Er hoffte, dass dies der Ort sei, an dem er mit seiner Kindheit abschliessen könnte. Wie konnte er sich im Moment nicht vorstellen, aber er war überzeugt, der Zeitpunkt wird kommen. Inzwischen gehörte Erich zu der Gemeinde und ihren Mitgliedern. Beim Fussballklub des Stadtteils hütete er das Tor der Seniorenmannschaft und organisierte zusammen mit Marco das jeweilige Hallenfussballturnier mit anderen Teams aus der Umgebung. Die beiden wurden bekannt und manchmal sogar berüchtigt bei den Einwohnern der Aussengemeinde von Stockholm. Mit der Zeit wurde die Familie von Erich um einen Hund namens Elvis und einer Katze die Einstein hiess erweitert. Mit seiner alten Heimat hatte er keinerlei Kontakt mehr. Er vermisste nichts und das war für ihn gut so.

Kapitel 3

Heute ist der 13. Dezember und somit das Fest der heiligen Lucia. An diesem Tag hat Erich einen freien Tag genommen, um an der Veranstaltung zu Ehren der Heiligen in der Schule seiner beiden Töchtern dabei zu sein. Zu diesem Anlass tragen alle Mädchen ein weisses Gewand mit einer roten Schärpe um den Bauch und einem Lichterkranz auf dem Kopf oder einer weissen Kerze in der Hand zu Ehren der heiligen Lucia. Sie ziehen in einer Prozession durch das Schulhaus das Luzia Lied singend und essen nach der Krönung der Schulinternen Lucia das feine Safrangebäck Lussekatter. Im Anschluss haben die Kinder frei und gingen erst am nächsten Tag wieder in den Unterricht. Es herrschte jeweils ein riesiges Gewusel an Schülern, Lehrer und den Eltern im Schulhaus. Die Kinder waren nervös und freuten sich auf ihren Auftritt vor dem Publikum. Nachdem die Prozession, welche in einer andächtigen Art abgehalten wurde, vorbei war, gab es für jeden Anwesenden ein Gebäck zur Stärkung.

Kaum war die Familie auf dem Heimweg, meldete sich Marco bei Erich bezüglich der Daten, die er Polizei intern geprüft hatte. Er versprach ihm, sobald er zu Hause sei ihn anzurufen. Daheim angekommen, öffnete er seinen Laptop und entdeckte dabei eine Mail, mit der Bitte trotz allem schnell ins Büro zu kommen. Es gehe um eine interne Angelegenheit, die keinen Aufschub dulde. Ihm war es recht, er konnte dann das Telefonat mit Marco führen, was er nicht unbedingt vor seiner Familie wollte. Er verabschiedete sich von seinen Mädels, stieg ins Auto und fuhr los Richtung Stadt.

Im Büro angekommen, erledigte er die anstehenden Geschäfte, um die er gebeten wurde. Anschliessend rief er Marco an. „Hallo meldete er sich," „Na was hast du rausgefunden mit deiner elektronischen Spürnase?" Fragte ihn Erich mit einem feinen Lächeln auf seinen Lippen. „Nun gut," erwiderte Marco. „Es gibt keinerlei Hinweise auf dem Stick in dem Dokument oder den Daten wem diese gehören oder wer Sie erstellt hat. Wir wissen nur aus einem versteckten Datum in einer Zelle am untersten Ende der Datei, dass diese im Herbst diesen Jahres entstanden sein könnte. Mehr kann ich dir dazu am Telefon nicht sagen." Erich war ein bisschen verblüfft. „Warum kannst du mir am Telefon nicht mehr dazu sagen?" „Weil wir dieses Dokument weiterbearbeiten und ich keinen offiziellen Fall daraus machen will," entgegnete er knapp. „Wo bist du?" Fragte er Erich. „Ich bin im Büro, musste noch schnell etwas erledigen. Wieso?" „Ich bin in einer halben Stunde bei dir," antwortete er kurz, bevor sein Freund den Hörer auflegte. Komisch fand er, Marco ist selten geheimnisvoll, ausser es handelt sich um seine Person bezüglich seiner Arbeit im Polizeidienst. Aber sonst. Nach einer Dreiviertelstunde und etlichen Kaffees von Erich trat Marco begleitet von seiner Sekretärin in sein Büro ein. Man kannte ihn in dem Betrieb, als Freund vom Chef. Nur wenigen war bekannt, dass er bei der Polizei arbeitete. Dies wäre in einer Bank nicht unbedingt gerne gesehen. Sie begrüssten sich und Erich bat Marco Platz zu nehmen. Er setzte sich in die bequeme Polstergruppe, die sich nebst seinem Arbeitsplatz und einem Sitzungstisch ausgestattet war. Das Büro hatte auf drei Seiten Fenster und befand sich im Attikageschoss mit einem rundum Blick über die Dächer der Stadt. Die Wand im Hintergrund war mit einem hellen Holz belegt. Daran waren zwei Bilder befestigt, welche moderne Kunst darstellten. Für die einen war es nur ein Gekritzel und ein wildes Gewirr von Linien und Farben. Die Kunstliebhaber, und Erich war einer von ihnen, hatten mit solchen Gemälden Gesprächsstoff für einen ganzen Abend. Marco und er liessen sich einen Kaffee bringen, bevor der Polizist einen Stapel Papier aus seiner Umhängetasche zog und fein säuberlich vor sich auslegte. „Also", eröffnete er das Gespräch.

„Quelle, Verfasser und Bearbeiter des Dokumentes konnte ich wie schon am Telefon gesagt nicht herausfinden. Das Dokument beinhaltet 253 Zeilen in neun Spalten aufgeteilt. Wovon eine verdeckt war, was aber nichts zu bedeuten hat. Diese Zahlen haben wir mit sämtlichen bekannten Nummernkombinationen, die man in Skandinavien kennt, verglichen. Wir haben nichts Schlüssiges oder annähernd Gleiches gefunden. Bis auf drei Kombinationen, die uns vielleicht auf eine Spur gebracht haben, aber auch dies ist weit hergezogen." Marco macht eine Pause, goss sich einen Schluck Wasser aus der nebenstehenden Karaffe ein. Erich war es schon wohler in seiner Haut wie jedes Mal, wenn etwas Unbekanntes auf ihn zu kam oder ihm eröffnet wurde. Er hörte seinem Freund gespannt zu, als dieser weiterfuhr. „Magst du dich noch an unseren Militärdienst in der Schweiz erinnern?" „Ja, wieso," antwortete Erich fragend. „Nun gut von den 253 Zeilen waren drei Nummern in der Art wie diese AHV oder Matrikelnummern. Du weisst sicher auch noch, wir mussten jeweils eine Erkennungsmarke an einer Kette um den Hals tragen. Darauf war diese Nummer vermerkt." „Ja ich erinnere mich sogar noch gut daran. Meine Marke habe ich immer noch in einer Schachtel auf dem Dachboden." „Ich habe die meine in meinem Schreibtisch im Büro," erwiderte Marco lächelnd. „Und jetzt", fragte Erich. „Da dies kein offizieller Fall ist, kann ich offiziell keine Abklärungen über die Schweiz machen. Eigentlich würde es uns am meisten helfen, wenn wir wüssten, wo du diesen Stick gefunden hast. Geh bitte noch einmal vom Zeitpunkt, an dem du den Stick gefunden hast, zwei Tage zurück und versuche dich zu erinnern, wo du warst, bei wem, irgendeinen Anhaltspunkt." Erich schaute ihn verblüfft an und überlegte. Da fiel ihm ein, dass eine seiner Töchter letzte Woche doch Blaubeersaft über den Mantel geschüttet hatte und Jorit diesen gewaschen hatte. Er erläuterte dies seinem Freund. Das Gesicht von Marco hellte sich umgehend auf und er sagte „ Ja gut, das ist ja schon was. Weisst du, wann das war?" „Nein, nicht genau, da müsste ich Jorit fragen." Nahm sein Telefon und rief sie an. „Hallo Schatz! Weisst du noch, wann du meinen Mantel mit den Flecken von Aila gewaschen hast?" Es war still am anderen Ende der Leitung, bis Sie zurückfragte „Wieso willst du das Wissen?" „Es geht um eine interne Angelegenheit und ich wäre froh, wenn du mir das sagen könntest," log Erich. „Ich habe ihn nicht gewaschen. Ich habe ihn vor einer Woche in die spezielle Reinigung gebracht und zwei Tage später am vorigen Mittwoch gegen Abend dort gereinigt abgeholt." Gab sie ihm zur Auskunft „Aber bitte wieso willst du das Wissen," hackte Sie nach. „Ich erkläre es dir, wenn ich zu Hause bin", beruhigte Sie Erich und brach das Telefonat ab. „Der Mantel war bis letzten Mittwoch am Abend in der Reinigung. Jorit getraute sich nicht den Mantel selbst zu waschen." Erläuterte er Marco. „Das ist ja schon mal etwas," murmelte sein Gesprächspartner. „Also lass von Donnerstag morgen bis zu dem Zeitpunkt des Fundes alles einmal ablaufen an denen du diesen Mantel getragen hast. In welchen Lokalen warst du bei jemandem zu Hause? und so weiter. Denk nach," forderte ihn Marco auf. Erich überlegte „Donnerstag war ich ohne Mantel unterwegs, da hatte ich die Winterjacke bei mir. Daran mag ich mich erinnern, als ich am Abend nach Hause kam ging ich direkt mit Elvis spazieren, bevor ich überhaupt ins Haus gegangen bin. Auf dem Spaziergang hatte Elvis mich angesprungen und mir an Rücken und der linken Seite der Jacke seine dreckigen Pfoten abgestreift. Als ich nach Hause kam habe ich die Jacke Jorit gegeben." Erinnerte sich Erich. „Am nächsten Tag also am Freitag bin ich früh am Morgen mit dem Mantel in die Metro eingestiegen ins Büro gefahren. Zu dieser Zeit ist sind die Wagen meist leer oder nur mit wenigen Fahrgästen besetzt. Danach habe ich den ganzen Tag im Büro verbracht. Am Abend den gleichen Weg zurück. Ich erinnere mich, dass ich in der Metro einen Sitzplatz ergattern konnte. Dabei befand sich links von mir der Ticketautomat. Den Mittagslunch habe ich zusammen mit meiner Sekretärin in der Kantine eingenommen. Der Mantel hing die ganze Zeit an der Garderobe hier in meinem Büro." Und zeigte auf den verchromten und geschwungenen Ständer neben der Bürotür. „Nun gut," erwiderte sich Marco. „Das könnte in der Metro passiert sein, oder auf dem Weg zu dieser," in diesem Moment erhellte sich das Gesicht von Erich und ihm kam der Zusammenstoss mit dem Passanten auf der Kanalbrücke in den Sinn. „Bingo," ertönte es aus dem Mund von seinem Freund und er beschrieb ihm den Vorfall auf der Brücke. „Das ist höchstwahrscheinlich die Aktion an dem du unfreiwillig zu dem Stick gelangt bist," äusserte sich Marco. „Die Wahrscheinlichkeit in der Metro ist klein, da du am Morgen früh mit ganz wenigen Passanten in der U-Bahn gefahren bist und am Abend bist du in der Metro so gesessen, dass links von dir der Ticket Automat war und es nur schwer möglich gewesen wäre dir etwas in die Tasche zu schmuggeln." Sinnierte Marco. „Wäre also der Zusammenstoss die wahrscheinlichste Möglichkeit dir diese Information zu kommen zu lassen," folgerte er. „Kannst du dich an die Person erinnern, hast du allenfalls eine Anschrift oder Telefonnummer? Wie ging das Ganze genau vor sich? Erzähl mal." Forderte ihn sein Freund auf. Erich erklärte ihm, wie es zu dem Sturz kam und wie schnell der Mann wieder verschwunden war. Adresse und Telefonnummer gleich Fehlanzeige. Aber er erwähnte, dass er der Meinung sei diese Person schon einmal gesehen, getroffen zu haben oder zumindest ihm begegnet zu sein. „Wie sah er den aus?" War die konsequente Frage von Marco auf die Äusserungen von Erich. Er beschrieb das Gesicht, nach bestem Wissen und er es erkannt hatte in der Dämmerung. Der Polizist kramt in seiner Tasche sein neuestes elektronisches Tablet hervor Staatseigentum zur Gebrauchsüberlassung wohlverstanden und befragte ihn zu verschiedenen Parametern, die eine Erkennung ausmachen. Draussen dunkelte es schon ein und die Strassenbeleuchtung fing langsam an, ihren dumpfen Schein in den Abendhimmel zu werfen. Marco war zu seiner Studentenzeit ein begnadeter Comic Designer gewesen und hatte sich manchen Amateurpreis darin ergattert. Aber dass er sich noch immer mit zeichnen beschäftigte erstaunte ihn. Marco benötigte eine Viertelstunde, in der er alle Informationen, die er erhielt, in die Skizze eingebaut hatte. Er schaute sich das fertige Bild an und es erschien Erich, ob er erschrak und sich wunderte ab seiner Darstellung. Er drehte das Phantombild mit einem eigenartigen Gesichtsausdruck zu ihm hin. Dieser betrachtete die Zeichnung und erkannte den Mann in den wesentlichsten Punkten wieder. Was ihn aber tief in den Sessel versinken liess und ihn im Gesicht ein bleiches und fahles Aussehen verlieh, war die Tatsache, dass er in der Skizze das Antlitz des „Ungeheuers" von damals wiedersah. Mit einigen Abstrichen, die dem Alter geschuldet waren, aber dies war Martin Nyffeler genannt das „Ungeheuer im Haus Zur Redlichkeit". „Das darf doch nicht wahr sein," sagte er zu seinem Freund hin, der ebenso wachsbleich und geschockt in der Sitzgruppe hockte. Sie beide schauten sich das Gesicht gemeinsam an, ungläubig staunend anzunehmen, was Sie sahen. Der Peiniger ihrer Jugend. Erich erhob sich von dem Sessel, holte zwei Cognac Gläser aus dem Schrank, der in die Wand eingelassen war. Schenkt grosszügig ein und übergab seinem Freund wortlos den Schwenker. Sie sassen schweigend da. Der zeichnende Polizist Marco hatte sein Glas praktisch in einem Zug in sich hineingeschüttet, stand auf, holte sich die Flasche erneut und goss beiden noch einmal nach. Stille. Draussen ist in der Zwischenzeit die Dunkelheit hereingebrochen und die Strassenbeleuchtung strahlte von unten zu Ihnen in das Büro.

Marco fuhr Erich im Dienstwagen nach Hause. Sie sprachen keine Silbe miteinander. Als sie bei ihm vor der Haustüre angekommen waren, bedankte und verabschiedete er sich mit knappen Worten. Er blieb vor der Türe stehen, bis die beiden Rücklichter von der Dunkelheit verschluckt wurden. Erst dann betrat er das Haus und begrüsste die Seinen. Es war Zeit für das Abendessen. Jorit tischte eine ihrer Köstlichkeiten auf, derweil die Mädchen von ihrem Lucia Tag erzählten. Aila und Jøgrunn war es aber nicht ums Essen. Sie beiden hatten eine Menge Lussekatter gegessen, dass für das abendliche Mahl schlicht und ergreifend im Bauch kein Platz mehr vorhanden war. Erich versuchte, sich nichts anmerken zu lassen, wegen der möglichen Entdeckung von heute Nachmittag. Er war der Meinung, es sei ihm ordentlich gelungen, was ihn aber Lügen strafte. Jorit fragte ihren Mann vor dem Einschlafen, wie es um ihn stünde und was die Fragerei mit dem Mantel zu bedeuten hätte. Er war hundemüde und versprach seiner Frau, ihr am nächsten Tag alles zu erklären in der Hoffnung, sie würde es dann vergessen haben.

Am Morgen stand er wie gerädert auf. Er hatte fast kein Auge zu bekommen, ist andauernd aufgewacht mit den Bildern von damals vor sich. Er nahm seine obligate Morgendusche, zog sich an und stolperte in die untere Etage. Griff nach der Hundeleine an der Garderobe, hackte bei Elvis Halsband ein und verschwand mit ihm auf den Morgen Spaziergang. Die kalte Luft erweckte seine Lebensgeister. Er sog sie tief in seine Lungen ein und versuchte, die Geister der letzten Nacht bewusst auszuatmen. Elvis betrachtete ihn mitleidsvoll von der Seite her, wie es nur Hunde seiner Rasse draufhaben. Der Hundehalter schaute ihn an und kam zu dem Schluss, dass der Neufundländer sich sicher Gedanken über den Zustand seines Herrn machte. Erich kniete sich zu dem Fellknäuel hin, nahm seinen wuchtigen Kopf zwischen die Hände, streichelte ihn liebevoll und startete mit dem Hund ein Zwiegespräch. Elvis merkte, dass er sein Herrchen jetzt sprechen lassen musste und sich so zu verhalten, als ob er ihn verstehen würde. Hauptsache er konnte mit seiner Anwesenheit dem Sprechenden helfen.

Im trauten Heim angekommen, roch es ungewohnt nach warmen Waffeln, die Jorit in der Zwischenzeit vorbereitet hatte. Erich liebte die Dinger. Waffel mit viel Marmelade, Puderzucker und einem dunklen Kaffee war seine Lieblingsmahlzeit am Morgen. Die Mädchen schliefen noch aber auch die beiden liebten das Gebäck über alles am liebsten mit einem Schokoladeaufstrich anstelle von Konfitüre. Erich schaute auf die Uhr und stellte mit Entsetzen fest, dass er knapp dran war und sich beeilen musste. In der Eile haucht er seiner Frau einen Kuss auf die Wange, als er in den Mantel schlüpfte. Was ihn daran erinnerte ihr die versprochene Geschichte zu erzählen.

Die letzte Adventswoche vor Weihnachten war gestossen voll mit Kundenterminen und Einladungen. Diese nahmen Erich die Zeit, sich an den Mann zu erinnern, den er und Marco vermuteten entdeckt zu haben. Er telefonierte einige Male mit ihm und Sie verabredeten sich für die kommende Woche zu einem Treffen. Bezüglich dem Versprechen zu Jorit, nahm er den Nachhauseweg an diesem Abend etwas früher unter die Füsse um, nach dem Abendessen seiner Frau über die gemachten Entdeckungen und den Mantel zu berichten. Als sich das Ehepaar Sohm vor dem Feuer im Kaminofen in die Polstergruppe quetschten und jeder einen warmen Glögg in den Händen hielt erzählte Erich von den Vorkommnissen mit dem USB-Stick, dem Mantel und vermeintlichen Direktor aus dem Heim. Jorit hörte wortlos ohne Fragen zustellen zu und liess nach den Ausführungen von ihrem Ehemann eine längere Ruhepause folgen, bis sie schliesslich das Wort ergriff. „Willst du die Vergangenheit nicht lieber ruhen lassen? Und es dir nicht unnötig schwer zu machen?" Fragte Sie ihn besorgt. Er antwortete nicht sofort. Es war ihm wichtig, ihr seine Sicht der Lage zu präsentieren und es entwickelte sich ein intensives Gespräch, das bis lange in die Nacht dauerte. Im Anschluss daran war Jorit klar, dass ihr Mann nicht lockerlassen würde, wenn an der Geschichte was Wahres ist.

Die zwei Freunde trafen sich wie vereinbart an einem der folgenden Abende bei Marco und Annafrid zu Hause. In der Wohnung der beiden herrschte ein gemütliches Chaos, wie es schon immer war. Das Fahrrad von dem Hausherrn stand in einer Ecke seines Zimmers mit einem eingedrückten Vorderrad, was mit grosser Wahrscheinlichkeit vom Sturz von vorletzter Woche herrührte. Sie hockten sich an den Tisch im Esszimmer und Marco berichtete Erich von seinen gemachten Nachforschungen. „Also," setzte er mit seinen Ausführungen an. „Martin Nyffeler mittlerweile 75 Jahre alt, wohnt und lebt immer noch in der gleichen Stadt, in der sich das Kinderheim befand. Seine Lebenspartnerin eine gewisse Maria Sonderegger starb vor einigen Jahren an Krebs. Er lebt heute alleine in der gemeinsamen Wohnung. Bezieht eine Rente und gilt nach Auszug aus dem Strafregister als unbescholtener Bürger." „Wie bist du an diese Informationen gekommen?" Fragte Erich. „Nun ja, wie soll ich sagen, ich habe meine internationalen Beziehungen spielen lassen und mir einen Zugang zu den Informationen geben lassen." „Geben lassen!" Wiederholte sein Zuhörer, „das setze ich bei dir gleich, wie du einen Server gehackt hast. Verrate mir nur nicht, welchen damit ich an einem Verhör unter Folter nichts ausplaudern kann," erwiderte Erich lakonisch lachend. „Was hast du noch über die Zahlen herausgefunden? Gibt es da noch etwas neues?" „Leider nein," antwortete sein Freund zögerlich. „Ich bin mir jedoch sicher, dass unsere These, wenn sie stimmt mit deinem Zusammenstoss, dem Unbekannten und den Infos einen Zusammenhang hat. Wir haben die Möglichkeit, zu versuchen noch mehr heraus zu finden, was das Ganze mit uns zu schaffen hat." „Halt Stopp," erwiderte Erich energisch. „Erstens wer sagt uns, dass diese These stimmt und wir nicht einem Irrtum aufliegen. Zweitens müssten wir damit nicht zur Polizei gehen und drittens was wäre, wenn wir beide recht haben. Was willst du mit einem allfälligen Täter wie Nyffeler nach so langer Zeit noch anfangen. Willst du ihn lynchen?" Marco schaute seinem Freund mit starrem Blick in die Augen, bevor er ihm seine Ansichten kundtat. „Also diese Überlegungen habe ich schon angestellt und bin zu folgenden Schluss gekommen. Du und meine Wenigkeit, wir würden uns bezüglich den Recherchen und meiner Person im dunkelgrauen Bereich der Legalität gegenüber meines Arbeitgebers der Polizei bewegen. Das wäre ich aber bereit als Opfergabe zubringen, um mich ein Stück der Vergangenheit zu entledigen. Wegen dem werde ich nicht zu Mörder und lynche niemanden. Zu deinem Punkt „Angelegenheit der Polizei," frage ich dich was sollen wir der Polizei sagen? Wir hätten jemandem gesehen und würden gerne Untersuchungen anstellen? Es besteht weder eine Straftat noch eine Anklage oder irgendetwas gegen Martin Nyffeler, um ihn ausfindig zu machen. Diese

Sache ist eine rein private Angelegenheit mit dem vollen Risiko bei dir und bei mir. Aber ich denke, es ist in meinem wie in deinem Sinn dieser vielleicht letzten Möglichkeit eine Chance zu in unserem Leben mit der Vergangenheit bis zu einem gewissen Punkt abzuschliessen. Wir beide können zu jedem Zeitpunkt die Aktion abbrechen und das Ganze vergessen." Erich antwortete nicht, denn er wusste, dass Marco in seinen Ausführungen recht hatte und über die gemeinsame Zeit und deren Bewältigung hatten die beiden sich schon unzählige Male unterhalten.

Mittlerweile schneite es und die Schneeflocken tanzten in den Lichterkegeln der Strassenlaternen dicht und wild. Erich fuhr relativ gemächlich nach Hause, da es die Strassenverhältnisse nicht anders zu liessen. Es war gegen Mitternacht, als er zu ankam, und die Müdigkeit, die er für den Schlaf benötigt hätte, war zur Zeit weit weg. So schnappte er sich Elvis, der erstaunt war über die nächtliche Aktion, und spazierte mit ihm mehr als eine halbe Stunde im grössten Schneetreiben daher. Nachdem das ungleiche Duo wieder zurück war, putzte sich Erich die Zähne und legte sich zu Jorit ins Bett. Er war nicht müde und betrachtete den schlanken und wohlgeformten Körper seiner neben ihm liegenden Frau. Ihre alabasterweisse und weiche Haut erschien ihm im Dunkeln unschuldig und rein. Ihre Brüste heben und senkten sich bei jedem Atemzug wie halbrunde Apfelsinen und ihre Gesichtszüge waren eben und glatt, keinerlei Anzeichen von Augenfalten oder schlaffer Haut im Halsbereich. Ihr blondes Haar, welches recht unordentlich auf dem Kopfkissen lag, sah weich, sanft und fein aus. Er liebte seine Frau wie am ersten Tag. Es war für ihn ein harter und manchmal einsamer Kampf diese Gefühle sich selber ein zu gestehen nach dieser Jugend. Aber es ist ihm gelungen mitunter durch die Mithilfe von Jorit und derer Familie. Er war glücklich und somit fragte er sich, ob er die vielleicht letzte Gelegenheit in seinem Leben, wenn es denn eine ist, nutzen sollte, um mit der Vergangenheit ab-zuschliessen.

Zwei Tage vor Weihnachten und er wie Marco hatten für ihre Frauen keine Geschenke unter den Baum. Dasselbe galt für die Patenkinder der beiden. Das war aber nichts Aussergewöhnliches. Die Herren verabredeten sich auf den späten Nachmittag für einen Einkaufsbummel durch die Stadt. Wobei der Bummel eher einer Rally glich. Innert kürzester Frist hatten sie ihre Pakete beieinander und deponierten Sie bei Erich im Büro. Er bemerkte an Marco ein seltsames nervöses und doch schweigsames Verhalten. Er schlug vor, in der nahem Kneipe zusammen einen Glögg einzunehmen, bevor Sie nach Hause zurückkehrten. Gesagt getan und sie begaben sich auf den Weg in das nahegelegene Bistro. Es war schon recht voll und die Leute in dem Lokal waren alle aus dem gleichen Grunde unterwegs. Sie waren damit beschäftigt auf den letzten Drücker Geschenke zu besorgen, wie sie beide es bis vor einer halben Stunde auch noch waren. In dem Bistro war es laut, warm und es roch nach diversen Leckereien. Von Fischsuppe über gebackenen Waffeln bis zum Fischbrötchen war alles in der von diesen Düften geschwängerten Luft enthalten. Beide hatten einen Glögg vor sich, da fragte Erich zu Marco hingewandt, was mit ihm los sei. Er schaute ihn an und sagte nur „Zu laut hier drin." „Wollen wir in mein Büro gehen?" Schlug sein Tischnachbar vor. Sein Gegenüber nickte und sie tranken wortlos ihre Glögg fertig und verliessen das Bistro.

Im Büro angekommen, setzten sie sich in die Polstergruppe und Marco fing an zu erzählen. „Also ich habe in der Angelegenheit weiter recherchiert und bin dabei auf eine kleine Überraschung gestossen." „Und die wäre?" Fragte sein Freund in einer Art Forderung. „Unser besagter Herr Martin Nyffeler ist am 6. Dezember hier in unsere Stadt gekommen. Er hat kein Rückreise Ticket gelöst. Zumindest sicher nicht mit Rückreiseort von hier oder mit seinem bekannten Namen." Erich staunte, aber er wusste, Marco lässt dieser Vorfall nicht ruhen und ehrlich gesagt ihn auch nicht. Er fuhr mit seinen Ausführungen weiter. „Das war übrigens nicht da erste Mal, dass der besagt Herr in unsere Stadt kam für vier oder fünf Tage blieb und anschliessend wieder nach Hause flog. In den letzten 8 Monaten war er ganze sechs Mal in dieser Stadt!" „Und was hat oder kann das deiner Meinung nach bedeuten?" Fragte Erich sein Gegenüber. „Vieles aber auch nichts. Ich hoffe, es gibt schlüssige Erklärungen für seine Besuche. Unserer These zufolge gehe ich davon aus, der Mann sucht oder beobachtet etwas. Es würde mich nicht überraschen, wenn seine Stippvisiten uns beiden gelten würde." Brachte es Marco auf den Punkt. „Weiss man dann wo er sich jeweils aufhält in der Stadt?" „Ich habe sämtliche Hotel Reservierungen des vergangenen Jahres auf den besagten Namen durchsuchen lassen. Er war einmal im Juni in einem Hotel abgestiegen ansonsten sind in der Stadt keine Buchungen auf den Namen Nyffeler zu verzeichnen." „Auch für diese Tage hat er kein Hotel oder eine Unterkunft gebucht?" Fragte Erich nach. „Für diese Woche sind die Daten wegen den Feiertagen erst im Anschluss daran abrufbar." Erwiderte er. „Warum macht Nyffeler das? Was treibt ihn an und ehrlich gesagt meinst du nicht, wir machen uns da etwas vor?" Sagte er zu Marco gewandt und schaute ihn fragend an. „Alles was wir haben ist eine These, die auf einem USB-Stick mit Informationen, diversen Besuchen eines ehemaligen Heimdirektors in der Stadt beruht und einem möglichen Kontakt durch dich mit der besagten Person. Mehr ist nicht. Aber dieses nichts sind für meinen Geschmack ein bisschen viel Zufälle." Bemerkte Marco. Erich fiel an seinem Freund eine Seite auf, die er so gar nie wahrgenommen hatte. Er erschien ihm äusserst exakt und logisch vorzugehen, wie in einem Drehbuch. Die Vorgänge zu hinterfragen und zu kombinieren. Diese Vorgehensweise hätte er, bei allem Respekt, Marco dem chaotischsten Menschen den Erich kennt nicht zugetraut.

Er war erstaunt auf der einen Seite aber auch froh darüber, dass sein Freund diese Eigenheit besass. Er selber hatte keinen Schimmer, wie er in so einem Fall vorgehen würde. „Lass mich einen Vorschlage machen," schlug Erich seinem Gegenüber vor. „Und der wäre?" Fragte Marco. „Wir lassen die Feiertage vorübergehen sagen wir bis nach Neujahr. Dann hast du vielleicht die genaueren Daten seiner Standorte und vielleicht ist er bis dann auch schon wieder abgereist. Wenn sein Aufenthalt etwas mit uns zu tun hat, wird er sich melden. Wenn nicht vergessen wir die Sache." Sagte er aus dem Fenster blickend zu Marco. „Einverstanden," erwiderte er und öffnete den Wandschrank. Er nahm zwei Cognac Schwenker vom Regal und goss den beiden einen grossen Schluck ein.

Als Erich zu Hause in die Garage fuhr, war er froh darüber mit Marco eine Ruhepause in der Sache vereinbart zu haben und jetzt die Feiertage zusammen mit seiner Familie zu feiern. Er hatte von morgen Mittag an ein paar Tage Ferien und würde folgenden Nachmittag eh mit den Kindern zu Lasse fahren, um den Weihnachtsbaum zu fällen.

Die Weihnachtstage verliefen bei den Sohms wie gewohnt ab. Man besuchte sich gegenseitig ass zusammen bestaunte den Christbaum mit unzähligen Ausrufen des Erstaunens und überreichte jedem seine Geschenke. Anschliessend wurde gegessen und getrunken und all diese Köstlichkeiten zeigten sich in den folgenden Tagen wieder auf der Personenwaage auf Gramm und Kilo genau. Die beiden Geschwister von Jorit waren zusammen mit den Schwiegereltern bei ihnen zu Besuch. Es herrschte ein emsiges Treiben mit den herumrennenden Kindern und den vielen Gästen. Zwischendurch nahm Erich mit Elvis und den Kleinen einen Spaziergang unter die Füsse, damit etwas Entspannung in die Runde kam. Die Kinderschar folgte ihm und dem Hund, was dem Fellbündel natürlich gefiel. Die Kinder tummelten sich im Schnee und der Neufundländer rannte einem Schneeball nach dem andern hinterher und erfreute sich an seinen Spielkameraden. Es war ein kalter, aber sonniger Tag und die Schneeoberfläche gleisste unter dem Einfall der Sonnenstrahlen. Es sah aus, wie wenn jemand Kristallzucker ausgeleert hätte. Die Bäume beugten sich ob der Schneelast, die, die Tannen teilweise fast nicht mehr zu tragen vermochten. Des öfteren fiel der Schnee mit einem Rutsch von den Ästen ab. Auf dem Heimweg zusammen mit der Schar Kinder, läutete das Mobile von Erich. Er erkannte auf dem Display einen Anruf von Marco und wies ihn ab mit dem Gedanken zurückzurufen, sobald er zu Hause ist. Doch nichts da, kaum weggedrückt, summte das Telefon schon wieder. Er drückte die grüne Taste für Rufannahme und sprach in den Hörer, „was gibt es denn so Dringendes. Hast du ein unerwartetes Geschenk bekommen oder vergessen, mir eines zu besorgen?" Meldete sich Erich schmunzelnd. „Ach was nichts dergleichen," erwiderte Marco am anderen Ende der Leitung. „Ich weiss wir wollten die Sache ruhen lassen bis nach den Feiertagen aber unser Herr Nyffeler hat sich gemeldet." „Was hat sich gemeldet? Steht er bei dir vor der Türe, oder wie?" Fragte Erich zurück. „Nein noch viel abstruser. Ich bekam vor zehn Minuten einen Anruf aus dem Spital. Sie hätten einen Patienten in der Notaufnahme, der von einem Auto auf der Strasse angefahren wurde und jetzt bei Ihnen liege mit mittelschweren Verletzungen. Er hätte als Kontakt Adresse mich und dich erwähnt." Erich fiel die Kinnlade nach unten und er setzte sich auf eine Schneemade, um tief Luft zu holen, bevor er antwortete. „Hallo! Bist du noch da?" Ertönte die Stimme aus dem Hörer. „Ja, ja ich bin noch da," erwiderte er in einer sonoren Art. „Was machen wir jetzt?" Fragte er. „Wir müssen hin. Wir haben eine offiziell Aufforderung eines Spitals und es ist eine einmalige Gelegenheit unser These zu erhärten in einen Tatbestand oder für immer und ewig zu vergessen. Wobei ich selbst an das Verwerfen nicht glaube. Die Details passen zu genau und eine solche Vielfalt von Zufällen gibt es nicht." Erich hörte konzentriert zu und dachte sich dabei, wieso dieser Autofahrer die Arbeit nicht gleich richtig beendet hätte. „Also ich habe noch Gäste und kann heute unmöglich. Wir können auf morgen Vormittag einen Termin ausmachen. Dann finde ich auch einen Grund, weshalb ich wegmuss. Du und Annafrid seit eh morgen Abend bei uns, oder?" Fragte Erich. „Ja, in Ordnung machen wir. Ich informiere den Spital, dass wir erst morgen vorbeischauen. Wenn noch etwas wäre, melde ich mich." Mit diesen Worten beendeten die beiden das Telefonat und er war zusammen mit den Kindern und Elvis daheim angekommen. Er betrat das Haus mit einem flauen Gefühl in der Magengrube. Er begab sich wieder zu der Gesellschaft, seine Frau schaute ihn fragend an und gab ihm zu verstehen, dass er nicht frisch aussehe. Er wandte den Blick weg und passte den Augenblick ab, an dem Jorit für einen kurzen Moment in der Küche verschwand. Erich folgte ihr nach und erklärte ihr in knappen Worten von dem Gespräch mit Marco. Sie sagte mit besorgtem Gesicht zu ihm gewandt. „Pass auf dich auf. Wir lieben dich!" Drehte sich um und lief mit einem Tablett voll Ingwerkekse zurück zu den Gästen. Erich blieb noch einen Moment in der Küche stehen und folgte Ihr nach. Gegen Abend verliessen die Geladenen das Haus und fuhren zu Lasse und Hedda. Dort übernachteten Sie, bevor sie am folgenden Tag wieder zurück nach Malmö oder Gotland verschwanden. Die beiden räumten auf und schauten anschliessend kommentarlos die News im Fernsehen. Erich brachte die Mädchen ins Bett. Jorit schlüpfte in der Zeit in den warmen Daunenmantel, um sich mit Elvis auf die Runde nach draussen zu begeben und frische Luft zu schnappen. Sie legten sich im Anschluss daran ebenfalls hin und schliefen sofort ein.

Am folgenden Morgen hatte sich Erich mit Marco um 08:30 Uhr vor dem Spital verabredet. Sie begrüssten sich und meldeten sich bei der Information an. Beide warteten einen Moment, bis sie abgeholt werden. Kurze Zeit darauf kam eine Schwester begleitet von einem Mann vorbei und holten Erich und Marco ab. Zuerst wurden Sie zu den Personalien des Verunglückten befragt. Die beiden behielten sich so bedeckt wie nur möglich. Die zwei wussten erstens ja nicht, was sie zu der ganzen Sache beitragen könnten, und zweitens hatten Sie ja noch gar keine Gewissheit, ob der Verunfallte, der ist, für den er sich ausgibt. Im Anschluss an die Befragung klärte man die Besucher über den Zustand des Patienten auf. Die zwei wurden anschliessend in den Korridor der Intensivstation geführt, und gebeten vor einem von innen verhangenen Fenster stehen zu bleiben. Als der Vorhang gezogen wurde, starrten die beiden in das Gesicht ihres Peinigers von einst. Vom Alter gezeichnet, aber er war es. Martin Nyffeler das Ungeheuer. Erich wurde es speiübel und er setzte sich hastig auf einen Stuhl, der mit anderen an der gegenüberliegenden Korridorwand angelehnt stand. Er wusste nicht, ob er sich übergeben musste oder ob er gleich in Ohnmacht fiel. Es war, als ob ihm eine Faust in die Magengrube schlug, die ihn mit Ihrer Wucht die Wirbelsäule brach. Aus seiner gebückten Haltung erkannte er nur, wie es Marco ihm nachahmend in einen Stuhl geschlagen hatte. Kreidebleich, fahl und mit Schweisstropfen auf der Stirn vor sich hin röchelte. In diesem Moment kam eine Schwester den Gang entlang, sah die beiden und rief nach Unterstützung. Die zwei Gestalten wurden auf Bahren gepackt, in ein Zimmer verfrachtet und mit einer kreislaufunterstützenden Infusion versorgt. Erich und Marco erhielten eine Schockdiagnose. Sie erholten sich relativ rasch wieder. Nach unzähligen Blutdruckmessungen verliessen Sie den Spital mit der Aufforderung, die kommenden 24 Stunden weder Alkohol zu sich zu nehmen oder ein Auto zu steuern. Bei der geringsten Auffälligkeit hätten Sie sich wieder in der Klinik zu melden. Gegen Mittag verabschiedeten sich Erich und Marco aus dem Spital. Sie stiegen in das Fahrzeug von Marco ein und fuhren los. Als sie die Auffahrt zur Autobahn hochfuhren, fragte er, wohin sie fahren. Sein Beifahrer antwortete nur mit einem flachen „Zu mir in die Bank." Sie steuerten wortlos Richtung Stadt, stellten den Wagen in der Einstellhalle unter dem Bankgebäude ab und liessen sich mit dem Lift in das Attikageschoss befördern, in dem das Büro von Erich seinen Standort hatte. Er öffnete den Schrank entnahm zwei Gläser und die Flasche Cognac mit zur Sitzgruppe plumpste in sie hinein und beendete den Vorgang mit einem lauten „Scheisse!" Daraufhin goss er sich und seinem Freund einen grossen Schluck ein und atmete tief durch. „Wieso Scheisse?" Fragte ihn sein Sitznachbar mit einem fragenden Blick an. „Im Moment haben wir aus unserer These fast einen Tatbestand gemacht. Durch den Unfall mit Körperverletzung muss der Staat eine offizielle Untersuchung einleiten. Allerdings mit dem Fokus Verkehrsunfall aber immerhin. Nun wissen wir mehr oder minder offiziell, dass sich unser Freund Nyffeler in Stockholm aufhält und sich mit uns beschäftigt. Ansonsten hätte uns der Spital sicher nicht gerufen. Was wir nicht wissen ist, wieso er in Stockholm ist und ob er sich wegen uns hier aufhält. So viele Zufälle gibt es nicht wie in letzter Zeit geschehen sind." Beendete Marco seine Ausführungen, die er bereits am Vortag angestellt hatte. „Was wissen wir über die Daten? Hast du noch etwas herausgefunden?" Fragte Erich. „Nicht direkt. Wir können aber sicher sein, wie wir vermutete haben, dass die eine Nummernkombinationen der Sozialversicherungsnummer der Schweiz ähnelt. Aber es sind nur drei vollständig mit elf Ziffern und drei Punkten. Die restlichen in dieser Spalte aufgeführten Zahlen sind nur fünfstellig mit einem Punkt dazwischen. Zu den anderen Zahlen kann ich noch nichts sagen." „Weiss man zu wem möglicherweise die vollständigen Zahlenreihen gehören?" Forschte sein Freund weiter. „nein noch nicht. Offiziell müsste die Polizei ein Rechtshilfegesuch stellen um an die Informationen zu gelangen, aber das war bis anhin aussichtslos. Nun haben wir eine kleine Chance aufgrund des Vorfalles eines zu stellen. Aber bis da mit einer Antwort gerechnet werden kann dauert es. Ich zapfe schnellt möglich meine inoffiziellen Kontakte an und schaue was sich da machen lässt." Beantwortete er die Fragen. Erich füllte die beiden Gläser ein zweites Mal. Dabei fragte er Marco ob und wenn ja, sie gedenken ihre Frauen aufzuklären über die Geschehnisse. Er meinte, dass es heute Abend die beste Gelegenheit wäre, um die Karten auf den Tisch zu legen. Sie waren sich darin einig und verliessen das Büro um Annafrid abzuholen und anschliessend zu Erich nach Hause zu fahren.

Kaum hatte der Besuch das Gebäude der Familie Sohm betreten, nahmen die beiden Mädchen Annafrid in Beschlag und führten ihr die Weihnachtsgeschenke vor, die Sie zu Weihnachten erhalten hatten. Während die Vorführung stattfand, tischte Jorit das Abendessen auf. Bestehend aus Rentierbraten, Kartoffelstock und Gemüse. Erich schöpfte allen eine Portion und sie liessen es sich schmecken. Nach dem Essen verzogen sich die Frauen in die Küche, der Hausherr und Elvis begaben auf die gewohnte Abendrunde und Marco wurde von den Mädels gezwungen auf der zu Weihnacht erhaltenen Playstation ein Game zu spielen. Nach der Rückkehr der beiden vom Rundgang stand der Nachtisch auf dem Tisch bestehend aus Orangencreme, Ingwerkeksen und Kaffee. Die Mädchen verzichteten auf das Dessert und verzogen sich auf ihr Zimmer. Die Erwachsenen genossen die Süssigkeiten, und als sich alle verköstigt hatten, erzählte Erich von den gemachten Erlebnissen. Wie er am Ende der Ausführungen war, entstand eine Pause, bevor Marco die zwei Damen nach ihren Meinungen befragte. Annafrid äusserte sich dahingehend, dass sie es begrüssen würde, wenn die beiden etwas unternehmen würden in dieser Angelegenheit. Mit der Hoffnung, der Geschichte bis zu einem gewissen Grade zu entkommen. Die Augen der Anwesenden richteten sich auf die Frau von Erich. Sie sagte nur knapp und mit gepresstem Atem „Passt auf auch auf!" Stand auf und verliess mit dem dreckigen Geschirr und Annafrid im Rücken das Wohnzimmer. Die drei am Tisch sitzenden kannten Jorit und ihre kurze Antwort war ein Ausdruck gespickt von Angst aber auch voller Hoffnung für ihren Mann sich seiner Vergangenheit ein Stück weit zu entledigen.

Es war schon spät und alle waren müde, so dass es keinen Sinn mehr gab jetzt irgendetwas Konstruktives auszuhecken. Erich und Marco vereinbarten für den kommenden Tag ein Telefonat um das weitere Vorgehen zu besprechen. So verabschiedeten sich Annafrid und ihr Chaot von der Familie Sohm. Einige Zeit nach dem sich die Besucher aufgemacht hatten, nahm Erich die Leine vom Kleiderhaken an der Garderobe und dackelte mit Elvis auf die Abendtour. Nach der Rückkehr der beiden war es dunkel im Haus und die Allerliebsten schliefen. Er hellwach und noch kein bisschen müde, begab sich ins Wohnzimmer, schaltete den Fernseher ein und schaute sich einen Krimi an. Gegen Mitternacht fiel er ins Bett und pennte sofort ein.

Am nächsten Morgen wurde Erich durch einen Telefonanruf des Spitals geweckt mit der Aussage, der Patient Martin Nyffeler sei aus der allgemeinen Abteilung abgehauen. Man habe dies bei der Übergabe der Nacht- an die Frühschicht bemerkt. Ob er etwas über den Aufenthalt des Mannes sagen könne. Schlaftrunken wie er war, verneinte er und versprach einen Rückruf, sobald er einigermassen wach und auf den Beinen sei. Kaum hatte er das Gespräch beendet, stürzte er aus dem Bett, schaute auf den Wecker und bemerkte, dass es bereits 8 Uhr früh war. „Verdammt nochmal," raunzte er vor sich hin aufgrund der unangenehmen Überraschung. Heute war doch ein Arbeitstag und er hatte verschlafen. Innerhalb kürzester Zeit warf er sich in den Anzug und ausnahmsweise im Auto unterwegs in Richtung Büro. Aus dem Fahrzeug rief er Marco an, um ihn über das Verschwinden von Nyffeler zu orientieren. Doch er hatte Kenntnis davon aufgrund der eingegangenen Polizei Meldungen. Sie vereinbarten sich, am Nachmittag bei Erich im Büro zu besprechen und bis zu ihrem Treffen sich nicht im Spital zu melden. Der Tag plätscherte so dahin mit Neujahrs Wünschen an die Angestellten. Marco meldete sich bei ihm gegen den frühen Abend hin. Es dunkelte draussen. Die beiden setzten sich mit einem Becher Kaffee in der Hand in die Sitzgruppe und diskutierten das weitere Vorgehen. Sie konnten sich das Verschwinden von Ihrem Direktor aus dem Spital nur so erklären, dass er etwas zu verbergen hat oder sonst wie unter Druck stand. Auf jeden Fall, und da waren sich beide einig, war die Sache jetzt bei der Polizei angekommen und Marco hatte somit uneingeschränkten Zugriff zu den Daten. Solange niemand von seiner Beziehung zu dem Gesuchten Kenntnis hatte, war das problemlos. Erich rief im Beisein von ihm den Spital an, entschuldigte sich für den späten Rückruf und informierte die Klinik, dass er nichts über den Aufenthalt von Herr Nyffeler sagen könne. Er melde sich, sollte sich dies ändern. Die Dame am anderen Ende der Leitung forderte ihn auf, die neuen Informationen an die Polizei weiter zu leiten. In der Hauptwache wisse man Bescheid. Marco nickte, als er diese Aussage am Lautsprecher hörte. Er legte den Hörer auf.

Da klopfte es an der Bürotür und eine der Angestellten betrat das Büro mit einem, Umschlag auf dem Erich Sohm stand. „Dieser Brief ist vor einigen Minuten für Sie abgegeben worden". Er und Marco schauten sich verblüfft an. Er öffnete das Kuvert und entnahm daraus einen Zettel. Darauf waren eine Anschrift und eine Uhrzeit aufgeführt mit dem Vermerk „Morgen" in fetten Lettern geschrieben. Unterzeichnet war das Schreiben mit den Buchstaben MN. Der Treffpunkt ebenso klar, die Adresse gehörte zu einem Hotel an der Waterfront von Stockholm, der Zeitpunkt 15:00 Uhr. Erich übergab das Dokument an seinen Freund, welcher es sorgfältig durchlas und es anschliessend wieder zurückgab. „Alles klar, unsere These von vor einigen Tagen hat sich bewahrheitet. Er ist da und nicht einfach da er ist wegen uns da. Ich kann mir nicht vorstellen was der von uns will", endete Marco. „Ich glaube der Schlüssel liegt in dem Dokument oder allenfalls in weiteren Infos auf dem Stick, die wir übersehen haben." Meinte Erich. „Auf dem Stick war nicht mehr zu finden als das was wir gefunden haben", murmelte sein Freund vor sich hin. „Du hast keine Ahnung, was die Zahlen auf dem Dokument bedeuten könnten"? Fragte Erich. „Nein, ich habe, oder besser gesagt wir haben einfach die Vermutungen, die ich dir gegenüber bereits geäussert habe." Beantwortete Marco die Frage. „Aber eigentlich wäre es besser, wir würden uns überlegen, wie morgen das Gespräch ablaufen sollte", mahnte sein Freund. „Nun gut, ich werde hingehen und mir anhören, was unser Direktor zu sagen hat", erwiderte er. „Ich komme nicht mit, aber ich werde in der Nähe auf dich warten und bin am Natel erreichbar. Polizei schalten wir keine ein, oder?" Mutmasste er am zum Schluss. „Ja, ohne Polizei. Wir können froh sein, wenn Sie ihn bis morgen Abend nicht erwischen, dann erfahren wir nur beschwerlich, was er von uns wollte." Mit diesen Worten über den morgigen Nachmittag verliessen sie das Büro in den Winterabend von Stockholm.

Erich war fünf Minuten früher an dem besagten Treffpunkt. Er nahm in der Lounge, in einem der bereitstehenden Ledersessel Platz und wartete. Die Bar war in dunklen Holztönen gehalten. Hinter dem Tresen stapelte sich vor einer mit weissem Licht hinterleuchteten Wand die Flaschen mit den Spirituosen. Die nicht zu grelle Beleuchtung trug zu dem angenehmen Ambiente der Bar bei und versprühte eine gewisse Internationalität. Angepasst an die Besucher, die in diesem Hotel logierten. Es waren wenige Personen an der Bar. Die meisten Gäste waren Geschäftsleute, die sich zu einem Drink trafen. Marco sass im Bahnhof gegenüber in einer

Bar und hielt sich bereit auf ein mögliches Zeichen von seinem Freund. Kurze Zeit nach ihm kam ein Mann in die Lobby, der dem Passanten glich, mit dem er vor einigen Tagen auf der Brücke zusammenstiess. Dieser lief, leicht hinkend auf Erich zu, schaute sich mit einem Seitenblick die anwesenden Gäste an, registrierte anschliessend die Umgebung mit einem Blick und bewegte sich in Richtung von ihm. Der Mann blieb vor ihm stehen, zog seinen Mantel und Hut aus legte sie beiseite und setzte sich in den zweiten am Tisch stehenden Ledersessel. „Entschuldigen Sie bitte dieses etwas geheime Prozedere, aber wenn ich ihnen erkläre, warum ich hier bin und was dies alles auf sich hat. Dann werden sie mich verstehen." Stimmte der ehemalige Direktor die Diskussion an. Der Klang seiner unverkennbaren Stimme trieb Erich die Nackenhaare in die Höhe. Die Schärfe und die Unmissverständlichkeit darin, war trotz des Alters seines Gesprächspartners immer noch gleich schneidend und fordernd. Ihm lief es beim Anblick des Gegenübers und der Ausstrahlung seiner Aura für einen Moment kalt den Rücken hinunter. „Ich kann es Ihnen nicht verübeln, dass Sie nicht in Freudenstürme ausbrechen, wenn Sie mich sehen. Aber glauben Sie mir, sie werden noch einiges erfahren, dass sie nicht in Freudenstürme ausbrechen lässt." „Und das wäre?" Fragte Erich seinen Peiniger aus der alten Welt. „Die Sache ist nicht einfach um die es geht und sie verlangt ein relativ schnelles Handeln, da wir nicht zu viel Zeit haben. Es ist schon zu viel davon verloren gegangen." Murmelte Nyffeler. „Wir?" Sagte sein ehemaliger Kommilitone und drehte seinen Kopf fragend zu ihm. „Ja, wir erwähnte ich. Ausser es würde Ihnen nichts daran liegen Licht in das Dunkle der Vergangenheit zu bringen." „Und für das reisen sie in den letzten zehn Monaten fünfmal nach Stockholm?" „Ich sehe, Sie sind gut informiert. Hat Ihnen ihr Busenfreund Marco Seiler der Poliskommissarie bei den Nachforschungen geholfen? Ich gehe davon aus und ich denke er wird auch nicht weit von hier weg sein. Sozusagen in Bereitschaft, wenn etwas Ungewöhnliches geschehen sollte." Mutmasste Erichs Peiniger. „Wenn Sie meinen so ist das Ihr gutes Recht, sofern sie noch wissen was Recht bedeutet." Gab er sich leicht angepisst im Sessel aufrichtend zum Besten. Der Direktor musterte ihn von oben bis unten und schmunzelte. „Wissen Sie, die Sache verlangt, dass wir uns daran machen. Mir ist scheissegal wie, mit wem und wo. Nur es ist Eile geboten. Sie werden schon sehen, die Sache hat Hand und Fuss und gehört nun endlich ans Licht." Erläuterte Nyffeler. „Von welcher Sache reden Sie? Geht es um ihre Rehabilitation ihrer Vergangenheit? Wenn ja, dann vergessen Sie es gleich wieder. Von uns, respektive von den Herren Seiler und Sohm werden Sie mit Bestimmtheit keine Absolution erhalten, Sie altes Dreckschwein." Sagte Erich in einem sehr ruhigen Ton mit einer Miene, um die ihn jeder Pokerspieler beneidet hätte. „Es geht in erster Linie nicht um mich. Es geht um die wahren Strippenzieher die ihre Sachen mit dem Kinderheim durchgezogen haben. Schreckliche Sachen, die wir uns nur schwer vorstellen können in der heutigen Zeit," erwiderter der Alte ebenso ruhig und gelassen. „Wieso haben Sie gerade mich dazu auserwählt diese Geschichte erneut aufzuwühlen stattdessen sie einfach ruhen zu lassen, wo sie ist?" Fragte er „und was sollte die Rempelei auf der Brücke? Sie hätten mich ja an meinem Arbeitsplatz aufsuchen können, wie sie es mit der Einladung angestellt haben?" Warf Erich in Worten seinem Tischnachbar zu. „Das erklär ich Ihnen ein andermal. Das bedarf mehr Information um dieses Vorgehen zu verstehen." Gab er ihm zur Antwort. „Ein weiteres Treffen? Können wir die Geschichte nicht hier und jetzt für ein und allemal abhandeln. Wir verabschieden uns und das war es?" Fragte Erich ihn etwas erstaunt an. „Nein, glauben Sei mir um Ihnen die ganze Geschichte zu erläutern und die Hintergründe zu erklären benötigen wir ein weiteres Treffen. Dies wird sicher einige Zeit in Anspruch nehmen. Glauben Sie mir, Sie werden die Möglichkeit haben, etwas aus der damaligen Zeit vielleicht wieder etwas gerade zu rücken. Alles kann man nicht mehr aufklären und erledigen, dafür ist zu viel Zeit verstrichen und gewisse Personen sind bereits gestorben oder liegen dement in einer Klinik." Erich bemerkte, wie er mit seinen Aussagen nie konkret wurde. Es kam ihm vor, wie ein Lockvogel Gespräch, wenn dir einer den Speck durch den Mund zieht, um dich anzulocken. Dabei wäre dies nicht nötig. Denn seine und Marcos Interesse an der Sache war ohne Zweifel vorhanden. Doch er war darauf aus, ihm das so lange wie möglich zu verbergen. „Also wie soll das weitere Vorgehen nach Ihnen aussehen?" Fragte Erich. „Nun gut, ich denke wir sollten uns an einem Ort treffen, an dem wir uns ungestört unterhalten können und wir keine Mithörer haben. Schlagen Sie etwas vor." Ermunterte ihn Nyffeler. „So wie ich sie verstanden habe drängt die Geschichte," erwiderte Erich. Während dessen klaubte er umständlich sein Mobil aus der Manteltasche, um seine elektronische Agenda für einen Termin zu konsultieren. Er hätte seinem Gegenüber einen Zeitpunkt aus dem Kopf nennen können. Aber er versuchte zu vermeiden, den Eindruck erwecken, dass die erneute Zusammenkunft nicht erste Priorität hat. Bei ihm persönlich war momentan geschäftlich wenig los und er hätte fast zu jeder Zeit einem Treffen zugestimmt. „Also morgen könnten wir etwas vereinbaren. Sagen wir zehn Uhr morgens in meinem Büro bis gegen Abend hin?" Fragte Erich. „Ja das passt." Erwiderte das Ungeheuer. Er erhob sich beschwerlich aus seinem Sessel. Man merkte ihm an, dass er verletzt war von seiner Kollision mit dem Fahrzeug. Er erkannte ein leicht schmerzverzerrtes Zucken im Gesicht des Mannes. Nyffeler schlüpfte in den Mantel, knöpfte ihn zu, setzte den Hut auf und tippte mit den Fingern an die Krempe zum Zeichen der Verabschiedung. Nach zwei, drei Schritten, die er sich in den Raum bewegt hatte, drehte er sich um und sagte zu Erich hingewandt. „Nehmen Sie Herr Seiler morgen ruhig mit. Die ganze Zeit in einer Bar zu hocken, wie er es jetzt gerade tut ist auch nicht das Wahre. Vielleicht kann er uns sogar helfen." Nachdem Besuch durch die grossen Drehtüren des Hoteleinganges verschwunden war, rief er Marco an und bat ihn, zu ihm in die Lobby zu kommen. Kaum hatte er das Gespräch beendet, da stand er mit fragenden Augen vor ihm. Er deutete seinem Freund sich zu setzen und erzählte von dem Treffen und den Aussagen die Nyffeler von sich gegeben hatte. Sie beide sassen noch eine Weile schweigend in den Sesseln, bevor sie die Lobby verliessen.

„Martin Nyffeler" (Ungeheuer)

Hineingeboren in eine Bauernfamilie mit einem Dutzend Kindern als zweitjüngster war man mehr Klotz am Bein denn erwünscht. Aufgewachsen in ärmlichen Verhältnissen in der östlichen Region der Schweiz. Die Eltern hatten einen Bauernbetrieb doch der ernährte nur die Hälfte der Familie und der andere Teil erhielt jeweils einen Kanten hartes Brot vom Vortag und Wasser. Seine Mutter war eine liebenswerte und gütige Frau aber mit ihren 40 Jahren schon ein totales Wrack. Sie litt unter teuflischen Rückenschmerzen bis zu dem Tag, an dem der kleine Martin Nyffeler 5 Lenze zählte. Sie verstarb und hinterliess ihrem Mann mit zwölf Kindern im Alter von drei bis neunzehn Jahre alt. Sieben Knaben und fünf Mädchen. Nach diesem Schicksalsschlag wurde es auf dem Hof gar ungemütlich. Der Vater ergab sich dem Alkohol, vernachlässigte den Betrieb, stürzte sich in Schulden und erfror jämmerlich in einem Winter auf dem nachhause Weg von einer seiner Sauftouren.

In so einem Fall schritt die öffentliche Hand sprich Fürsorge ein und verteilte die Nyffeler Kinder in alle Himmelsrichtungen auf der Welt. Martin sah sein Leben lang nie mehr eines seiner Geschwister. Er kam zu einer Pflegefamilie bei der Zucht und Ordnung das oberste Prinzip war. Schläge, Essensentzug und schlafen in einer kalten dreckigen Kammer auf dem Dachboden war der Status den Martin, in seinen jungen Jahren antraf. Liebe und Nestwärme war bei der Familie des Herrn Kantonsrat, dem Hausherrn, ebenso fehl am Platz wie ein freier Nachmittag zum Spielen oder Herumtollen mit den Kindern. Nein, entweder hiess es büffeln für die Schule, welche er besuchte, ansonsten waren Arbeiten im Hause zu verrichten.

Der kleine Martin wurde schon bald zum stolzen Vorzeigeobjekt des Ziehvaters. Er brüstete sich jeweils im Wirtshaus und am Sonntag nach der Kirche wie fortschrittlich und effektiv seine Erziehungsmethoden sind.

Man solle sich nur die Zensuren von seinem Pflegekind anschauen. Die Unfähigkeit seiner eigenen Gören verschwieg er tunlichst. Der Einzige im Dorf der mit Martin Erbarmen hatte, war sein Lehrer mit seiner Familie. Unter dem Vorwand, Hausaufgaben zu lösen, verbrachte er manchmal etwas Zeit bei ihm und seinen Kindern. Dort verweilte er einige Stunden und lebte die Bedürfnisse eines Kindes aus. Ansonsten war die harte Hand seines Ziehvaters angesagt.

Martin Nyffeler schlug die Laufbahn eines Lehrers ein. Er wurde zuerst Primarlehrer und alsbald darauf unterrichtete er an der Sekundarschule in der Stadt. Seine Schüler hatten eine grosse Achtung vor ihm und besuchten seinen Unterricht mit Freude. Er lernte sie vieles und brachte ihnen bei, was sie für das Leben benötigten. Beim Kollegium der Lehrer ein war er ein gern gesehener Kollege. Sein Leitspruch war, den Kindern zu vermitteln, was es braucht, um im späteren Alltags- und Berufsleben zu bestehen.

Es kam die Zeit, da lernte er seine Frau kennen. Sie heirateten und gründeten eine Familie mit zwei Nachkommen. Ein Junge und ein Mädchen vervollständigten das Glück der beiden. Er liebte seine Familie über alles. Gewalt und Repressalien verabscheute er. Dieses Buch war er nicht gewillt in seinem Erziehungsrepertoire aufzuschlagen. Er betrachtete das glückliche Leben, das er mit seinen Liebsten führte als eine Art Wiedergutmachung und Geschenk an für die unsäglich harte Zeit und Tage, die er in seiner Kindheit verlebt hatte.

An einem Tag im Sommer. Die Familie von ihm war auf dem Heimweg, da löschte ein Fahrer mit seinem LKW das Leben seiner Allerliebsten auf dem Zebrastreifen aus. Der Führer des Wagens hatte sich vor der Fahrt noch einige Biere genehmigt, bevor er besoffen die Familie und somit das ganze Glück von Martin Nyffeler zerstörte. Von nun an nahm das Schicksal von dem allseits beliebten Menschen zu einem anderen Wesen seinen Lauf.

Seine Trauer über den Verlust seiner geliebten Familienbande war für ihn unüberwindbar. Er wurde griesgrämig, schottet sich ab, gab sich wortkarg und entfremdete sich von allem. Alkohol linderte seine Schmerzen oder betäubten sie zumindest. Seinen Lehrerkollegen, Freunden im Dorf und das Schlimmste von seinen Schülern. Er verlor seine Anstellung und wurde dar ob aggressiv. Er fing an zu hassen und zu intrigieren nur um Personen zu Schaden und Leid zu bereiten. Er bekam Freude am Elend anderer und wurde in seinem innersten zu einem Sadisten. Er liebte es, sich vorzustellen jemandem Schmerzen zu zufügen, zu sehen, wie sie sich windeten und dann untergingen. Er kompensierte seine Trauer mit dem Martyrium der vom Schicksal ebenso Betroffenen. Sein Wesen veränderte sich durch diesen Schicksalsschlag von einem fähigen Pädagogen zu einem Hasser der ganzen Welt. Nach einer gewissen Zeit ohne Arbeit entdeckte er eine Annonce in der Zeitung, in der ein Leiter für ein Kinder-

heim in der Region gesucht wurde. Er bewarb sich und bekam die Anstellung des Direktors. Von da an war es aus mit dem Sadismus an Fremden. Er hatte ja jetzt die Bewohner des Heimes vor sich. An diesem Tag kreuzten sich die Wege von Erich und seinem Peiniger dem Ungeheuer.

Kapitel 4

Es war wiederum ein kalter Morgen, als Erich das Haus verliess. Es roch nach weiteren Schneefällen und der Himmel war wolkenverhangen. Die Schneedecke knirschte unter seinen Füssen. Er hatte ein flaues Gefühl im Magen in Hinsicht auf das heutige Treffen mit Marco und Nyffeler. Es war ihm nicht möglich, einzuschätzen, wie das Ganze vonstatten gehen wird, und er wusste nicht, was er sich von dem Gespräch überhaupt versprach. Aber eines war ihm klar oder er meinte es im Mindesten zu wissen, heute Abend wird hoffentlich einiges in einem anderen Licht erscheinen als zum jetzigen Zeitpunkt. Er war es sich gewohnt in einer Besprechung schnellstmöglich die Zügel in die Hände zu nehmen, um den Verlauf der Debatte zu steuern. Doch diesmal wird es voraussichtlich anders sein. Nyffeler wird das Meeting führen, und wir sind zum zu hören gezwungen. Passiv im Sessel sitzen, um uns berieseln zu lassen? Nein, ertönte eine innere Stimme in ihm. Wir werden fragen und debattieren sagte sich Erich. Nur um welche Informationen prügeln wir uns? Um diese Daten auf dem Stick? Wir wissen nicht, ob die von Nyffeler sind. Er ist uns nichts schuldig. Inzwischen haben wir beide, Marco und ich unser Leben gefunden und versuchen, die Vergangenheit zu vergessen. Was kann der Mensch von uns wollen? Er verbrachte den ganzen Weg bis zu seiner Arbeitsstelle mit solchen Fragestellungen. In seinem Büro angekommen, zog er den Mantel aus und hängte ihn an die Garderobe. Dabei war er noch immer gleich schlau, als wie er von zu Hause weglief.

Erich erledigte, was zu erledigen war, damit Sie anschliessend im Gespräch nicht dauernd gestört wurden. Er notierte sich den einen oder anderen Gedankengang verwarf aber alle wieder, da es ihn mehr zu verwirren schien denn hilfreich zu sein. Soeben hatte sich Marco angemeldet und er war auf dem Weg zu ihm in sein Office. Sie begrüssten sich herzlich, da beiden bewusst war, dass der heutige Tag möglicherweise Sachen aus ihrer Vergangenheit an den Tag bringen wird, von dem Sie nicht zu träumen wagten. Sie sprachen einige belanglose Worte über Wetter und zu Hause bevor Marco fragte „Hast du einen Schlachtplan?" „Nein," antwortete ihm sein Freund. „Wir müssen hören was er zu sagen hat und dann abwägen und hinterfragen, ob das was er uns sagt und darlegt stimmen kann oder nicht." Es kam der Zeitpunkt, an dem sich ihr Besuch am Empfangstresen meldete und er in das Büro von Erich geführt wurde.

Der alte Mann betrat die Räumlichkeit und die Dame vom Empfang, die ihn hochgeführt hatte, nahm ihm den schweren Mantel ab und hängte ihn an einem Kleiderbügel an den Garderobenständer. Den Hut legte er selbst auf die Hutablage und gesellte sich zu den beiden Herren, die bei der Sitzgruppe zu standen. Das Trio wartete, bis sich die Dame aus dem Office verabschiedet hatte und setzte sich ohne sich zu begrüssen. Nyffeler eröffnete das Gespräch mit der Frage nach dem Wohlbefinden der beiden Gesprächspartner. „Welches Befinden meinen Sie?" Konterte Erich. „Das was wir zwei empfinden, wenn wir sie sehen und an unsere gemeinsam Vergangenheit erinnert werden? Oder an das Befinden was uns nun von ihrer Seite wohl erwartet? Gelinde gesagt und jetzt kann ich nur für mich sprechen. Beschissen!" Kam es aus Erich heraus. Im Moment, in dem er dies aussprach, tat es ihm Lied für seine ungewollte Forschheit, die er an den Tag legte. Aber er war zumindest ehrlich, was ihn betraf.„Hören Sie zu," nahm der Direktor das Gespräch auf, ohne auf die Bemerkung von Erich einzugehen. „Die Vergangenheit war für Sie beide schlimm und tragisch. Aber sie hatten schlussendlich das beste Ende von allen in den Händen, die in dem Haus waren. Nach diesem Treffen werden Sie das hoffentlich verstehen. Darum erlaube ich mir den Vorschlag zu machen, dass wir uns auf die Gegenwart und Zukunft konzentrieren, solange wir können." Er musterte mit seinem scharfen, klaren Blick Erich und Marco. Bei beiden kam bei diesem Ausdruck seiner Augen ein bekanntes Gefühl auf. Es fehlte nur noch das Zischen des Lederriemens und das Rad der Zeit hätte sich zurückgedreht. „Mich würde, von Berufs wegen interessieren, was die Daten auf dem USB-Stick bedeuten sollen und was wir damit oder besser gesagt Erich damit zu tun hat ?" Eröffnete Marco die Fragerunde. „Warum gerade ich und wie haben Sie uns gefunden?" Doppelte sein Freund nach. „Also meine Herren langsam, wenn ich bitten darf. Eine Frage nach der anderen." Ermahnte sie Nyffeler. „Als ich im Kinderheim pensioniert wurde nahm ich gewisse Unterlagen an mich von denen nur ich wusste das sie existierten. Mit dem Gedanken diese Geschichte, die mit meinem Ausscheiden nicht beendet war, zu Ende zu bringen. Ich hatte seit meinem Entschluss diese Vorgänge zu sühnen an ihre beide Namen gedacht. Ich wusste nicht wieso, aber heute weiss ich es und werde es Ihnen in den kommenden Gespräch erklären. Nun zu Ihrer Frage meine Herren. Über die Amtsstellen des Kantons, eines Freundes bei dem eidgenössischen Amt für auswärtige Angelegenheiten und ein bisschen Recherche habe ich zuerst Herrn Seiler gefunden, welcher ja etwas später nach Schweden immigrierte als Herr Sohm. Wo Seiler ist, war meine Schlussfolgerung, kann Sohm nicht weit weg sein. Und siehe da, nach einigen Besuchen in diesem Jahr hier in Stockholm habe ich meine beiden ehemaligen Heimbesucher gefunden." Erläuterte er und nahm einen Schluck Kaffee, der inzwischen serviert wurde. „Aber ich denke das wissen Sie ja schon dank des Arbeitgebers von Herr Seiler unserem Polizisten." „Warum diese fast schon theatralische Übergabe der Daten auf der Brücke?" Hackte Erich nach. „Nun gut, ich wusste, dass Sie in dieser Bank arbeiteten ich hatte sie aber nie von Angesicht zu Angesicht gesehen. Das war auch nicht mein Ziel sonst hätten Sie mich zu früh erkannt und mein Ziel bei Ihnen Interesse zu wecken wäre dann allenfalls abhandengekommen. So wollte ich sicher gehen, dass Sie wirklich Erich Sohm sind. Ich habe sie den ganzen Tag von einem in der naheliegenden Mansardenfenster aus beobachtete," und zeigte auf ein Hausdach keine dreissig Meter entfernt. „An dem Tag war ich sicher, ihnen die Daten übergeben zu können. Da ich aber nicht zu Ihnen in die Bank konnte ohne, dass man mich nachträglich erkannt hätte mit den Videoaufzeichnungen musste dies in einem freien Raum geschehen und daher die Begegnung auf der Brücke. Des Weiteren ging ich davon aus, dass die Neugier von Ihnen oder Ihrem Freund so gross war diesen Daten inoffiziell nach zu gehen, aber nicht herauszufinden von wem sie stammen." Erläuterte er sein Vorhaben. „Nun gut, das mag ja stimmen aber was sollen wir mit diesen Daten nun anfangen oder besser gesagt, was bedeuten diese Zahlen und deren Kombinationen?" Fragte Marco gespannt sein Gegenüber. „Die Liste enthält Daten von Heim Insassen. Genauer gesagt von 253 Kindern, die das Heim verliessen," er setzte eine Sprechpause ein. „Ja und weiter. Was war mit den Kindern?" Fragte Erich scharf nach. „Um Ihnen das erklären zu können müsste ich weit ausholen. Aber beschränken wir uns auf die abgekürzte daher nicht minder verwerfliche Version. Diese Kinder wurden gegen Geld verkauft." Die beiden Gesprächspartner verloren ihre Gesichtsfarbe und liessen sich in ihre Sessel zurückfallen. „Sie haben also Kinder verkauft?" Hackte Erich einige Zeit später mit leiser und zittriger Stimme nach. „Ja und Nein, wir haben auf Anweisungen von oben gehandelt. Wir waren nur die Ausführenden und hatten zu tun was uns gesagt wurde." „Nur die Ausführenden!" Schrie Marco den alten Mann an. „Sie haben Kinder wie Ware an den Bestbietenden verschleudert und hatten nicht die Hand am Arsch dieses abscheuliche und unmenschliche Tun zu unterbinden?" Er sprang vom Sessel hoch und schnaubte den Alten an, so als ob er ihn am liebsten erwürgen würde. „Ja, das habe ich nicht. Wir wussten zu jener Zeit nicht was mit dne Kindern geschah. Erst durch meine Recherchen und Nachforschungen kam ich nach und nach dme Gnazen auf die Schliche," kam es leise und heiser aus dem Mund des Ungeheuers, welches in diesem Moment seine Aura verlor und zu einem Winzling schwand. „Es gibt keine Entschuldigung für so eine Tat. Von niemandem für niemandem. Aber uns fehlen Beweise und Dokumente um eine solche Tat zu widerlegen. Dazu kam, hätten wir diese Vorgänge gemeldet, so hätten wir die Anstellungen verloren und das Heim hätte es nicht mehr gegeben. Was dann?" Entgegnete er den beiden kleinlaut im Wissen, dass auch dies keine Rechtfertigung dieser Untaten war. Erich kamen die Erinnerungen hoch an die Geräuschkulisse von damals, wenn die Autos vorfuhren, die Wagentüren zuschlugen und am nächsten Tag ein leeres Bett im Schlafsaal stand. „Dann könnte man also sagen, das Dokument, das sie uns gegeben haben, ist die Verkaufsliste der Kinder die man gegen Geld um platziert hat. Wie hoch ist den die Summe der verkauften Kinder oder besser gesagt wieviel Wert hat dieses Dokument?" Ging Seiler der Frage nach, nachdem er sich wieder beruhigt hatte. „Mehrere Millionen," antwortete der Direktor wie aus der Pistole geschossen. „Genau sagen kann ich ihnen dies nicht, da die Zahlungen und Belege von damals nicht über unsere Buchhaltung liefen. Als aber einer der Herren des Heimrates vor etwa fünf Jahren, einsam und verlassen starb, wurde ich angerufen, ob ich Interesse an den Dokumenten und Akten hätte. Wenn ja, solle ich diese Akten zu dem Kinderheim abzuholen oder sie werden vernichtet. Ich holte Sie ab und bei der Durchsicht bin ich auf Notizen gestossen, die diese Grössenordnung in etwa darstellten." Gab Nyffeler mit gesenktem Haupt von sich. Erich stand auf, öffnete ein Fenster und zog sich seinen Schlips vom Hals, obwohl es lange nicht Feierabend war. Verständlicherweise zog eine gedrückte Stimmung ein und das momentane Schweigen unter den drei Herren trug das seine dazu bei. Eine Sekretärin brachte Kaffee und einige Sandwich in die Runde, da die Mittagszeit nahte. Keinem war darum etwas zu essen, und doch griffen alle zu einem der Brote. Nach einer etwa zehnminütigen Pause, Erich stand am Fenster, da befragte Marco den Direktor, nach welchen Kriterien die Kinder den ausgesucht wurden. „Das kann ich ihnen nicht beantworten. Ich war bei solchen Gesprächen nicht mit am Tisch und kannte den Prozess um diese Vorgänge nicht." „Warum haben Sie dabei mitgemacht?" Fragte Erich den Sprecher direkt an, ohne auf weitere Ausführungen zu den Kindern abzuwarten. Nyffeler holte tief Luft und erzählte den beiden seine Lebensgeschichte. Der frühe Tod der Mutter, die Pflegeeltern, die Schläge, sein beruflicher Werdegang, sein sozialer Absturz und dem Schicksal seiner geliebten Familie. Nachdem er geendet hatte, nahm er sein Taschentuch nach vorne und wusch sich seine wässrig gewordenen Augen trocken. Stille im Raum. Bis

Erich die Ruhe unterbrach „Für ihre Familie tut es mir leid. Das hat niemand verdient. Den Rest verzeiht ihnen niemand. Nicht einmal sie sich selbst." „Aber was hat Sie nun dazu gebracht und angetrieben uns diese Geschichte zu erzählen?" Forschte Marco nach. „Ich habe vor zwei Jahren meine Lebenspartnerin an Krebs verloren. Ich habe ihr von der ganzen Geschichte erzählt und sie hat mich deswegen nie verurteilt. Im Gegenteil sie war mir Stütze und hat mich in den Arm genommen. Sie hat mich immer angehalten das Ganze zu veröffentlichen und publik zu machen. Ich habe die ganze Zeit lang damit gezögert. Ich habe nach Beweisen und Unterlagen gesucht, die mir gefehlt haben. Bis an dem Tag als ich mich von Maria verabschieden musste. Ihr letzter Wunsch war, dass ich diese Geschichte lösen soll und fortan mit einem vielleicht besseren Gewissen auch einmal Abschied nehmen kann von dieser Erde." Beendete er seine Ausführungen zu der Frage und schnäuzte sich in das Taschentuch. „Scheisse," kam es aus Erich raus. Er erschrak ob seiner Äusserung und entschuldigte sich sofort dafür. „Schon gut," erwiderte der Direktor.

„Nun gut Herr Nyffeler," nahm Marco das Gespräch erneut. „Was aber haben sie vor? Sie haben doch alle diese Mühen nicht auf sich genommen um uns ausfindig zu machen, zu beobachten, Infos zuspielen und jetzt mit uns dieses Hearing zu führen ohne einen Hintergedanken." „Richtig!" Erwiderte er. „Ich möchte folgendes erreichen. Ich möchte zusammen mit ihnen beiden die noch lebenden Mitglieder des Heimrates dazu zwingen ihre Schuld anzuerkennen und ihnen einen Spiegel vorzuhalten über ihre Abscheulichkeiten. Sie sollen mit einem tonnenschwerer Mahlstein um ihren Hals in der See ihrer dunklen Seele sterben" eiferte sich Nyffeler erregt und zornig. „Die Betroffenen selbst mögen ihre Richter sein! Es wäre erwünscht und von Vorteil, dies ohne Polizei, Anwälte und Richter zu bewerkstelligen." Fügte er bei. Uns fehlen die Grundlagen und Argumente, um solche Vorgänge zu belegen. Diese Aktion muss schnellstmöglich durchgeführt werden, da die Verantwortlichen in einem Alter sind, an dem jeder Tag zu spät sein kann. Nach meiner Recherche leben die meisten noch. Das bin ich oder mit Verlaub sind wir den Betroffenen schuldig." „Wieso ausgerechnet wir?" Setzte Erich den Dialog fort. „Sie beide hatten dank Ihnen Herr Sohm eine Sonderstellung inne." Erwiderte der Direktor und schaute in die verblüfften Gesichter der zwei Freunde. „Ihr Patenonkel Herr Peter Beer seines Zeichens damaliger Regierungsrat und Präsident des Heimrates hatte seine schützende Hand über euch beide gelegt. Wir hatten freie Hand in der Erziehung und wie wir sie Durchsetzten, nur wenn es um die Namen Sohm oder Seiler ging war Vorsicht geboten. Eine Entlassung oder Strafe durch den Heimrat wegen unbefugten Berührens der beiden Unberührbaren wollte niemand eingehen. Es hatte ja genügend andere die erzogen werden wollten." Erklang es mit erstickender Stimme aus dem Rachen des Direktors. Erich liess sich ein weiteres Mal in den Sessel fallen und tief Luft holen. „Ich habe einen Patenonkel sagen Sie und habe die ganze Zeit nichts davon gewusst." „Ja er wollte sich ihnen gegenüber nicht zeigen. Wieso auch immer." „Mein Patenonkel war ein Menschenhändler." Kam es aus Erichs vor Ekel verzogenen Mund. „Ja, so etwa." Stimmte ihm Nyffeler zu. „Wer war der Mann oder besser gesagt ist er, wenn er noch lebt?" „Er ist der Bruder Ihrer Mutter," kam es trocken von der Seite des ehemaligen Direktors. „Und er lebt. In einem Haus nahe beim Kinderheim. Inzwischen dürfte der Herr etwas älter als ich sein. Schätze gegen achtzig. Er war einer von sieben Mitgliedern des Rates, der sich aus verschiedenen Gruppierungen zusammensetzte. Von der Politik über die Verwaltung und inklusive der Kirche. Alle mischten Sie mit in diesem dreckigen Geschäft." Ohne anzuhalten fuhr Nyffeler mit seinen Ausführungen über den Heimrat fort. Er zählte die

Namen der Beteiligten auf, ob Sie noch lebten oder gestorben sind und in welcher Funktion sie tätig waren und woher sie stammten. Die beiden staunten nicht schlecht ob den vorgetragenen Ergebnissen des alten Mannes. Er trug diese Informationen klar, deutlich und unzweifelhaft mit Papieren der einzelnen Personen unterlegt vor. Marco betrachtete die vorliegenden Rechercheergebnisse. Leise dachte er für sich, wenn dieser Nyffeler bei ihrer Polizeibehörde angestellt wäre, gäbe es mehr Fälle, die einer Verurteilung zugeführt werden könnten. Inzwischen war der Tag so weit fortgeschritten, dass der Abend nahte und alle drei Teilnehmer Anzeichen von Müdigkeit zeigten. Sie vereinbarten erneut einen Termin auf den nachfolgenden Tag.

Erich begab sich zusammen mit Marco auf den Heimweg. Sein Freund war mit dem Auto zum Treffen angereist und er anerbot sich ihn nach Hause zu fahren. Auf der Fahrt sprachen Sie wenig über den ereignisreichen Tag. Bei der Familie Sohm angekommen, lud Erich seinen Freund zum Abendessen ein. Was dieser sehr gerne annahm, da Annafrid ab heute für zwei Tage an einem Lehrgang in Umeå teilnahm. Die Mädchen freuten sich ungemein, dass Marco bei ihnen war. Sie nahmen ihn sofort unter Beschlag und er wurde genötigt mit den beiden, die neue Playstation auszuprobieren. Nach dem Abendessen bugsierte Jorit ihre Töchter ins Bett, während dessen die Herren ein Bier öffneten, in die Sitzgruppe im Wohnzimmer Platz nahmen und sich über das heutige Gespräch unterhielten. Der Austausch zwischen ihnen war nüchtern und klar, obwohl die Darstellungen von Nyffeler alles andere denn angenehm war. Jorit verschwand in die obere Etage. Sie wollte die beiden nicht mit ihrer Anwesenheit stören. „Mich interessieren eigentlich nur noch wenige Dinge," erwähnte Erich. „Und die wären?" Fragte sein Freund. „Erstens würde ich gerne meinen Patenonkel kennen lernen. Zweitens wieso ist Nyffeler aus dem Spital abgehauen und als Letztes wie stellt er sich diese Vergeltungsübung vor." Erläuterte er Marco gegenüber. „Dies deckt sich in etwa mit meinen Erwartungen," erwiderte dieser. „Es bringt nichts, die Vergangenheit neu aufzurollen. Es würde vermutlich viel Geld kosten im Verhältnis zu den möglichen Urteilen, die noch gesprochen werden könnten. Da ja die meisten der Beteiligten, wenn man denn alle kennt und ausfindig machen kann, überhaupt noch fähig wären eine Strafe anzutreten." Ergänzte er in einer relativ ausgeglichenen Gemütslage. „Einzig die Frage, die mich zusätzlich interessieren würde, wäre die Frage warum unser Direktor bis zum heutigen Zeitpunkt nie angesprochen wurde auf sein Wissen. Oder ob er sich sein Schweigen erkaufen liess," ergänzte sein Kollege. Sie tranken ihre Biere aus und Marco machte sich auf den Heimweg. Erich schnappte sich Elvis und trottete nach draussen mit ihm auf die alltäglich Abendrunde.

Zurück vom Spaziergang, Sass Jorit im Wohnzimmer auf dem Sofa und wartete.

Sie erkundigte sich wie es ihm und Marco ergangen ist bei dem Gespräch mit Nyffeler. Die Frage stellte sie nicht aus Neugier. Sie zeigte damit ihrem Mann, dass er auf sie zählen konnte und sie hinter seinen Entscheidungen, die er traf, stand.Er versuchte, ihr so simpel wie möglich und in einer zusammen gefassten Version zu erläutern, was die beiden heute erfahren haben. Jorits Gesichtsausdruck war bleich und fahl, nachdem Erich mit dem Erzählen geendet hatte. Ihre Miene, eine Mischung zwischen Ungläubigkeit, Erstaunen und Abscheu. Sie stand auf und nahm ihren Mann fest in ihre Arme. Anschliessend bewegten Sie sich wortlos in die obere Etage ins Bett und schliefen trotz allem schnell ein.

Am nächsten Morgen liess Erich den Tag langsam angehen. Er trank seinen Kaffee, ass sein Müsli zum Frühstück und machte sich nach der Morgenrunde mit Elvis auf den Weg in die Bank. Dort angekommen, wartete Marco bereits auf ihn in der Lobby. Sie fuhren beide mit dem Aufzug in das Attikageschoss zu dem Büro von Erich. Kurze Zeit nach ihnen wurde auch Nyffeler wie am Tage zuvor in die Räumlichkeiten geführt. Er trug ein hellgraues Hemd mit einer schlichten Krawatte und einer Weste aus dem gleich anthrazit farbigen Stoff wie das Jackett und die Hose war. Dazu gebundene schwarze Lederschuhe. Die drei nahmen wiederum Platz und warteten, bis die Begleitperson des Besuches den Raum verlassen hatte. „Nun gut," begann Erich einleitend. „Herr Seiler und ich haben noch einige Fragen an Sie nach der gestrigen Eröffnung der Sachlage." Gab er zu bedenken. „Und die wären?" Fragte der Angesprochene Nyffeler. „Also da wäre erstens einmal die Frage Wieso hat man Sie bis an hin nicht belangt in dieser Geschichte oder haben sie sich ihr Schweigen allenfalls auch kaufen lassen? Zweitens wieso sind sie aus dem Spital abgehauen und drittens wie stellen sie sich den von ihnen genannten Vergeltungsschlag vor?" Der Direktor rieb sich mit seiner Hand an der Stirn und überlegte eine gewisse Zeit.

Anschliessend richtete er sich im Sessel auf und ergriff das Wort. „Also meine Herren, wie ich ihnen gestern schon gesagt habe, war ich in die eigentlichen Aktionen nicht eingebunden. Wobei sie natürlich recht haben, dass ich als Mitwisser einen Informationsvorsprung hatte und mit ausrechnen konnte wo die Gelder schlussendlich gelandet sind. Aber ich versichere ihnen noch einmal bei allem was mir heilig ist und was meiner Partnerin am Sterbebett versprochen habe. So wahr ich hier sitze, ich habe keinen Rappen[1] aus diesen Vorfällen erhalten habe. Zu dem Spital und meiner Flucht. Ich muss davon ausgehen und in diesem Punkt widersprechen ich dem vorher gesagten allenfalls, dass es Personen gibt, die mich aufgrund meines jetzigen Wissensstand in dieser Angelegenheit lieber nicht mehr unter den Lebenden sähen und im Weiteren bin ich nicht hier Stockholm um die kostbare Zeit im Spital zu verbringen." „Wieso hat das

1 Rappen ist die kleinste Einheit in der Währung des Schweizer Franken.

Spital uns angerufen woher wussten die von uns. Diese Aktion könnte bei meiner Stellung relativ unangenehme Fragen auslösen." Erwiderte Marco. „Nun gut, das mag stimmen Herr Seiler, aber ich ging in der Hektik davon aus, dass sie beide wussten, dass ich in der Stadt bin. Was sie mir gegenüber ja auch schon bestätigt haben. Und daher war es ein bisschen Glück und Spekulation mit ihren beiden Namen. Wobei ich, soweit es mir recht ist, nur den Namen von Herr Seiler angegeben hatte. Herr Sohm dagegen habe ich nach meinem Wissen nicht erwähnt." Erläuterte er in einer überzeugenden Art. Marco schaute Erich an, nickte ihm mit dem Kopf zu und erwiderte, „Ja das stimmt ich habe dich informiert über die Spitalgeschichte." Gab er zu verstehen. „Ja gut, dass lässt sich ja noch einigermassen erklären und wird auch nicht weiter verfolgt denke ich mir," sagte Erich in die Runde und tätigte eine abschweifende Handbewegung. „Der spannendste Punkt jedoch erscheint mir, wie sie sich die Vergeltungsmassnahmen vorstellen. Werden wir zu den geheimnisvollen Racheengeln und schlachten die Senioren ab, erschiessen sie mit einer schallgedämmte Pistole wie in einem schlechten Krimi oder machen wir uns die Hände nicht schmutzig und lassen die Vergeltungen durch einen Profi erledigen?" Zählt er die verschiedenen Möglichkeiten auf. „Dazu von meiner Seite bitte ich sie folgendes zu bedenken. Keiner von uns hat die Kaltblütigkeit oder die körperlichen Voraussetzungen dazu," Er sah bei diesem Punkt Nyffeler an. „Eine solche Tat umzusetzen. Für die Version mit einem Profi fehlt uns oder besser gesagt mir einfach das nötige Kleingeld." Führte er aus und schaute fragend in die Runde. „Ich passe auch," sagte sein Freund und ergänzte leise vor sich hinmurmelnd, „eigentlich müsste ich nur schon aufgrund dieses Gesprächs bei meinen Berufskollegen vorstellig werden." Endetet damit und betrachtete von der verglasten Fensterfront aus die Dachlandschaft von Stockholm. Die Dächer gleissten vor lauter Schnee unter der einfallenden Sonne. Aus diversen Schornsteinen quoll Rauch hervor, der sich wie Zuckerwatte in den Himmel treiben liess, bevor sie sich im Blau des Horizontes auflösten. „Nun gut meine Herren," holte Nyffeler aus und ergriff das Wort. „Schauen Sie alle dies Varianten habe ich auch studiert, überlegt und darüber nachgedacht aber auch sogleich wieder verworfen. Für solche Aktionen, entschuldigen Sei bitte die Bemerkung, hätte ich sie beiden nicht benötigt und in diese Geschichte einbeziehen müssen. Nein, auf was das ich hinaus will ist, diese Beteiligten des Heimrates vor vollendete Tatsachen zu stellen. Ihnen den Spiegel vorhalten, ihnen zeigen was für schauderhafte Taten sie an diesen Kindern begangen haben. Unbeabsichtigt, ob die verkauften Mädchen und Jungen einen guten Platz erwischt habe oder aber als billige Kraft missbraucht wurden. Ich möcht die Betroffenen mit der Wahrheit konfrontieren. Wie sie nachher damit pflegen um zu gehen ist jedem seine eigene Entscheidung." Sagte er mit einer scharfen

Stimme zu den beiden und sah Sie an. „Und sie meinen das zeige Wirkung bei den teilweise betagten Personen," schaute ihn Marco fragend an. „Wer nicht wagt, gewinnt nicht." „Und in welchem zeitlichen Rahmen haben sie sich das vorgestellt?" Meldete sich Erich. „So schnell als möglich," kam es flink und präzise von der Seite des Direktors. „Geben Sie uns Bedenkzeit?" „24 Stunden, nachher bin ich weg," erwiderte er und erhob sich von seinem Sessel, nahm den Mantel von der Garderobe, setzte den Hut auf und begab sich zur Tür. „24 Stunden, bei einem Ja erhalten sie alle möglichen Unterlagen, die ich habe zu den vorgenannten 253 Fällen. Meine Herren," tippte sich galant an den Hut und verschwand durch die Türe. Die beiden im Raum Zurückgebliebenen schauten zu der sich schliessenden Tür und blieben für einen Moment wie angewurzelt stehen. Erich bewegte sich zu einem Fenster und öffnete den Flügel um frische Luft in das Innere zu lassen. Er bestellte eine Kanne Kaffee und liess sich nach der Bestellung in seinen Bürostuhl fallen. „Scheisse," kam es ihm fast unhörbar über die Lippen. Schaute aus der Fensterfront auf das gegenüberliegende Dach, von dem ihn Nyffeler beobachtet hatte. Es verging eine Weile, bis der Kaffee kam. Beide standen schweigend im Raum, bis die Vorzimmerdame diesen verliess. Erich schenkte ihm und seinem Freund wortlos eine Tasse von der schwarzen Brühe ein und sagte zu Marco. „Was meinst du dazu?" „Ich weiss es nicht, Erich." Jedes Mal und das kam nicht oft vor, aber wenn er ihn beim Namen nannte, dann war es eine ernste und wichtige Angelegenheit. „Wir beide wissen, dass wir einen Weg suchen um mit unserer Jugend abschliessen oder besser gesagt versöhnen zu können. Vergessen werden wir nie schaffen zu prägend war diese Zeit für uns alle. Und damit meine ich alle. Aber wenn wir mit der Hilfe von Nyffeler, seinen Dokumenten und Unterlagen nur einen kleinen Teil gutmachen, entgelten oder sühnen können, dann sollten wir es tun." Erläuterte Marco. Seine Mimik war angespannt und sein Gesicht zeigt erstmals hart Züge, die zu allem entschlossen sind. „Diese Chance bietet sich uns nur einmal, ab morgen sind es vielleicht nur noch vier oder drei. Dein Patenonkel könnte einer davon sein. Ich glaube das würden wir uns nie verzeihen." Endete Marco und nahm einen grossen Schluck Kaffee aus der Tasse. „Für mich steht eines fest. Wenn du gehst, dann komm ich mit. Mit folgender Auflage. Ich werde mich erst definitiv dazu entscheiden, wenn ich die Faktenlage von Nyffeler kenne. Sprich die verheissungsvollen Dokument und Akten. Ich werde keine strafrelevanten Handlungen vornehmen. Wenn wir die Herren Heimräte auf offizielle Art und Weise treffen soll es mir recht sein. Aber ich breche nicht ein, ich zwinge niemanden und ich nötige auch niemanden zu etwas." Sagte er zu seinem Freund gewandt. „Ich denke das muss so sein, ansonsten sind wir nicht besser als diese Herren," ergänzte Marco. „Lass uns darüber schlafen und morgen geben wir dem Direktor Bescheid."

Es war früher Nachmittag und sie beide hatten den Rest des Tages frei. Marco fuhr Erich nach Hause und dann trotz einem freien Tag ins Büro. Er war am Abend bei den Eltern von Annafrid zum Abendessen eingeladen und wollte sich vorher bei seinen Arbeitskollegen sehen lassen. Die Überprüfung des zugespielten Dokuments hatte er unter einem Vorwand abgebrochen. Es gab keine Rückfragen zu diesem Entscheid, denn jeder war froh, wieder etwas vom Tisch zu haben. Erich hatte sturmfrei Bude, bis die Mädchen von der Schule kamen. Er haute sich auf das Sofa und genoss ein Nickerchen. Nach etwa einer Stunde erschrak er aus dem Tiefschlaf, als eine nasse Hundezunge ihm sein Gesicht ableckte und damit zu verstehen gab, dass genug gepennt sei und das schwarze Fellbündel unterhalten werden möchte. Der Hausherr erhob sich etwas missmutig von seiner Liegestelle, begab sich zur Garderobe, nahm die Leine vom Hacken und schnallte Elvis an. „So bist du nun zufrieden?" Wandte sich Erich zu dem Hund. Dieser schaute ihn mit dem unverkennbaren Blick eines Neufundländers an, als ob er kein Wässerchen trüben könnte, und wartete darauf, bis sein Herrchen die Haustüre öffnete und sie nach draussen verschwanden. Es war klirrend kalt und die Sonne senkte sich langsam, aber sicher hinter den Horizont. Die beiden begegneten keiner Menschenseele auf dem Weg. Das war Erich recht. Er liess sich den heutigen Tag einmal mehr durch den Kopf gehen und versuchte, seine Gedanken zu ordnen, die ihn beschäftigten. Nach einer Stunde Wintermarsch kamen die beiden wieder an ihrem Ausgangspunkt zurück. In der Zwischenzeit waren die Mädchen und Jorit ebenfalls zu Hause. Jøgrunn und Aila begrüssten ihren Vater und Elvis stürmisch, während dessen seine Frau im Rahmen der Küchentüre stand und dem Treiben zusah. Erich begab sich zu ihr, gab ihr einen Kuss und umarmte sie innig. Er liebte Sie über alles.

Am nächsten Tag entschieden die beiden Freunde in einem kurzen Telefongespräch, dass sie das Angebot von Nyffeler annehmen werden. Mit den von Erich genannten Auflagen. Marco anerbot sich dies, dem Direktor mitzuteilen und mit ihm die weiteren Schritte zu vereinbaren. Im Verlauf des Tages kam der Vorschlag am folgenden Wochenende sich in einer ungestörten Atmosphäre zu treffen, um das Vorgehen zu planen zu. Erich schlug wieder sein Büro vor, was von beiden als eine gute Variante akzeptiert wurde. Er entschuldigte sich bei seinen Damen für das kommende Weekend. Auch Marco erläuterte seiner Annafrid nach ihrer Rückkehr aus dem Kongress, dass er am Wochenende nur beschränkt zur Verfügung stand. Beide liessen zugunsten der Familie das wöchentliche Fussballtraining sausen und widmeten sich dafür den Lieben zu Hause.

Es wurde Samstag und pünktlich um neun Uhr morgens trafen sich die drei beim hinteren Eingang der Bank, um das Gebäude gemeinsam zu betreten. Erich hatte Sie angemeldet bei den Verantwortlichen, dass er am Wochenende arbeite und zwei fremde Personen in das Bankgebäude mitnehme. Dies stellte kein Problem dar und wurde ohne grosses Aufsehen bewilligt. Die drei passierten die Sicherheitskontrolle und fuhren mit dem Aufzug in das Attikageschoss zu dem Büro von Herrn Sohm. Dort angekommen entledige sich jeder seines Mantels, Schals und Hüte. Es war um diese Zeit immer noch sehr kalt und es blies ein eisiger Wind durch die Gassen und Strassen der Stadt. Es war Schneefall angesagt und von daher egal das Wochenende drinnen zu verbringen. Die drei Herren platzierten sich diesmal um den Besprechungstisch in der einen Ecke des Büros von Erich und nicht in der Sitzgruppe. Nyffeler deponierte seine dicke Mappe auf dem Nebenstuhl von sich und entnahm daraus etliche gleichfarbige grüne Dossier Mappen. Fein säuberlich gebunden mit einem Gummiband und beschriftet mit einer schwungvollen Schrift. Es waren genau sieben Mappen. Alle in etwa gleich dick. Er legte den Stapel vor sich auf den Tisch, kramte seine runde Nickelbrille aus der Tasche hervor und deponierte rechts von sich zwei Schreiber. Einen Füller und ein Bleistift bereit. „Nun gut meine Herren. Ich habe ihre Antwort zu meiner Anfrage bezüglich der Vergeltungsaktion erhalten. Des Weiteren habe ich Kenntnis genommen von den Auflagen und gestellten Bedingungen von Ihrer Seite und möchte dazu folgendes erwähnen. Es ist ebenfalls in meinem Sinn, nicht gegen das Gesetz zu verstossen. Es darf ja nicht sein, dass noch weiteres Leid durch diese Aktion geschehen soll. Aber ich kann nur für unsere Seite sprechen, ich weiss nicht, wie sich die andere Seite verhält. Vor allem wenn man bedenkt, dass es unter den Betroffenen sehr schnell die Runde machen wird, wenn wir aufkreuzen. Daher ist immer ein Risiko im Raum." Fasste er sein Statement zusammen. „Ich schlage folgendes Vorgehen vor," machte er weiter ohne eine Antwort der beiden abzuwarten. „Ich erkläre Ihnen den Inhalt der Dossiers in Stichworten so kurz wie möglich so informativ wie nötig. Anschliessend können Sie sich in den Dossiers austoben und dann geht es daran die nächsten Schritte festzulegen bevor wir zur Ausführung schreiten." Schaute er die beiden fragend an. Sei nickten und hiessen somit das Vorgehen als in Ordnung.

„Nun gut da hätten wir als Erstes den Vorsitzenden des Heimrates." Begann er mit der Auflistung.

Hans Jakob Sutz, stand dem Gremium 18 Jahre lang als Vertreter der Regierung vor, verwitwet lebt, in Zürich ist gegen 75 Jahre alt sein. War politisch aktiv, hat es aber nie über die Lokalpolitik geschafft. Zu seiner Zeit gut vernetzt in Behörde und den Parteien. Dürfte heute noch den einen oder anderen Kontakt haben. Gilt als rücksichtslos und machtsüchtig, ist aalglatt, hat immer ein Hintertürchen offen, durch das er verschwinden kann, es liegt nichts Aktenkundiges gegen ihn vor.

Martin Wegener, war von der Vormundschaftsbehörde in den Heimrat delegiert worden. Lebt in einer Randgemeinde der Stadt. Hat ein Immobilien Unternehmen zusammen mit seiner Frau. Ist besessen von Geld, war laut vorliegenden Protokollen nie angreifbar. Vermutlich versteckte er sich hinter den anderen Mitgliedern, war der Wolf im Schafspelz. Da wenig über ihn bekannt ist, gilt er für mich als einer der gefährlicheren Kandidaten, man weiss nicht, ob er noch ein aktives Netzwerk besitzt und pflegt. Hat nach Aktenlage eine reine Weste. Keine Einträge im Register der Behörden über ihn ausser einige Bussen wegen zu schnellem fahren.

Armin Schedler, war vom Gesundheitsamt als Amtsarzt im Heimrat vertreten. Wohnt ebenfalls in der Stadt. Er profitierte in zweifacher Hinsicht von dem Gremium. Alle Krankheitsfälle im Heim liefen über seinen Tisch sprich seine Praxis und dabei verdiente er Geld mit seinen Leistungen. War eher ein Mitläufer kein Macher. Gilt als chaotischer Mensch, ist verheiratet und lebt in der Stadt im selben Haus wie dazumal. Ich gehe davon aus, dass er kein sehr guter Netzwerker war, und kaum Kontakt hat mit den ehemaligen Mitgliedern. Hatte vor zwanzig Jahren eine Klage am Hals wegen angeblich falscher Behandlung an einer Patientin mit Antibiotika. Es erfolgte ein Freispruch auf ganzer Linie, war zu dem Zeitpunkt aber nicht mehr im Heimrat, wie mir scheint.

Gottfried Lehner, war zuständig für das Anwesen des Hauses „Zur Redlichkeit". Die Liegenschaft gehörte oder gehört immer noch der Stadt und musste somit im Rat vertreten sein. Setzte sich wenig mit dem Heimrat auseinander. Er leistete Dienst nach Vorschrift. Spielte und wettete gerne, war spielsüchtig und wurde deswegen therapiert. Bestehende Schulden in der Höhe einer halben Million. Gilt als humorloser und trockener Mensch. War oder ist verheiratet, Kinder unbekannt. Lebt etwas ausserhalb der Stadt in einer Sozialwohnung, erstaunlicherweise keine Einträge im Strafregister.

Peter Beer, war von der Regierung aus im Heimrat vertreten. Hatte oder hat ein sehr grosses und tragfähiges Netzwerk in der Wirtschaft und der Politik. War in der nationalen Politik eine bekannte Grösse. Gilt als ein gewiefter Stratege und Strippenzieher, lebt in der Stadt in einem Haus. Seine Frau ist verstorben. Das Paar war kinderlos. Pflegt noch immer Kontakt bis in die höchsten Regierungskreise und ist der Patenonkel von Erich Sohm, Bruder seiner leiblichen Mutter. Besitzt diverse Anteile an Unternehmungen als stiller Teilhaber. Vorzugsweise in der Textilbranche.

Albert Rinderknecht, zuständig für die Finanzen, ist vor drei Jahren an einem Krebsleiden verstorben, war verwitwet, aber kinderlos, hat sein ganzes Vermögen einer Stiftung für Vollwaisen hinterlassen. „Schade, wäre der interessanteste Kandidat gewesen," fügte Nyffeler bei.

Karl Streule, war Pfarrer und waltete als Protokollführer und Aktuar, hatte vor zehn Jahren einen Unfall beim Bergsteigen und ist an den Folgen gestorben, wäre ebenfalls eine sehr interessanter Mann gewesen. Spannend dabei ist, das Archiv des Kinderheimes war in den Untergeschossen der Pfarrei angesiedelt und nicht im Heim selbst.

Nyffeler endete mit der Aufzählung der einzelnen Stichworte zu den betroffenen Personen und schaute den beiden Tischnachbarn in die Augen. Ohne eine Antwort derer abzuwarten, schob er die Dossiers in die Mitte des Tisches. Wortlos ergriffen die zwei je eine der Mappen aus dem Stapel und fingen an zu lesen, zu notieren, blätterten hin und her. Während dessen erhob sich der Direktor vom Stuhl, begab sich an den Nebentisch, auf dem ein Krug Kaffee stand und schenkte sich eine Tasse ein. Aus der Fensterfront sah er über die nahe gelegenen Dächer und schaute dem Schneetreiben zu, das sich draussen abspielte. Nach einer Weile drehte er sich um und begab sich wieder an den Tisch zu den anderen. „Wie ich sehe habe ich interessante Lektüre für sie mitgebracht und schmunzelte als er die beiden aus ihrem Aktenstudium herausriss. Ich denke ich lasse sie nun alleine mit den vorliegenden Schriftstücken damit sie sich ein Bild davon machen können. Wir treffen uns morgen um dieselbe Zeit wieder, wie heute. Ich hoffe das passt für sie?" Schaute er die beiden fragend an. „Ja klar," erwiderte Erich. „Ich begleite sie noch nach unten und lasse sie aus dem Sicherheitsbereich." Nyffeler schlüpfte in seinen Mantel, nahm den Hut von der Ablage und verabschiedete sich. Wenige Minuten später kam Erich zurück. Er schenkte sich und Marco einen Kaffee ein und setzte sich wieder an den Tisch zum weiteren Studium der vorliegenden Akten. „Na was sagst du zu den daliegenden Dokumenten?" „Sieht alles sehr gut aus, fast zu gut," sagte der Angesprochene leise, während er ein Papier musterte, das er aus einer Mappe gepflückt hatte. „Zu gut?" Fragte Erich sein Gegenüber mit gerunzelter Stirn. „Akten, bei denen alles Punkt auf Komma stimmt, bei denen keine Fragen aufkommen und einem alles lückenlos präsentiert wird da kommen Zweifel in mir hoch. Ob zu Recht oder Unrecht, das wird sich weisen. Aber ich möchte es tunlichst vermeiden, mit falschen Unterlagen ins kalte Wasser zu springen." „Kannst du mir ein Beispiel nennen," hackte Erich nach. „Ja. Wir haben die Akten allesamt von Nyffeler erhalten. Wir keine gegenseitigen Aussagen die den ganzen Vorgang plausibilisieren liessen. Das Dokument, dass er uns zugespielt hatte ist nirgends mehr aufgetaucht mit entschlüsselten Daten. Ich kann mir nicht vorstellen, dass der Finanz Verantwortliche dieser Herr Rinderknecht nicht gewusst haben soll was da vor sich ging." So erläuterte Marco seinem Freund seine Gedankengänge. Erich konnte den Äusserungen folgen, denn auch für ihn waren die Akten Lage in vielen Punkten eindeutig. Aber sie hatten keine andere Wahl. Diese Infos von Nyffeler waren so anzunehmen, wie er sie ihnen präsentiert hat und es dabeibleiben lassen. Es dauerte bis in den späten Nachmittag hinein, bis die beiden alle Dokumente des Heimrates gesichtet und studiert hatten. Es brach die Abenddämmerung herein, draussen lag eine schöne weisse Schicht Neuschnee auf den Dächern und der Terrasse vor dem Office von Erich.

Als er nach Hause kam, wechselte er den Mantel gegen die Hundejacke und trottete mit Elvis zuerst auf einen Rundgang davon. Die frisch verschneite Luft belebte ihn auf und die Schneeflocken, die teilweise in sein Gesicht fielen, lösten auf der Haut ein leichtes Kribbeln, aus was ihn angenehm erfrischte. Am Rande eines Wäldchens blieb er stehen und nahm drei, vier kräftige Atemzüge der kalten Luft, bis ihn die Lungen brannten. Er erlebte es an sich wie ein Jungbrunnen und Leben kam in seine Gedanken. Grenzen verflossen und die Vergangenheit seiner Jugend vermischte sich mit dem Gelesenen aus den Akten. Gesichter ehemaliger Insassen im Kinderheim tauchten vor seinen Augen auf. Namenlose Gesichter, die ein Schicksal hatten, das irgendwo auf einem Papier beschrieben war. Doch die Antlitze, die er in sich sah, sagten mehr aus als alle Dokumente und Akten, die eröffnet, geführt, archiviert und womöglich vernichtet wurden. In ihm kam Zorn und Wut auf. Er spürte einen Hass in sich hochkommen auf Personen, Erzieher, Lehrer, die davon Kenntnis hatten, es aber wissentlich geschehen liessen. Ob Mediziner, Pfarrer oder weiss der Geier wer. Erich wurde bewusst, es wäre von grossem Vorteil, wenn sie in den Besitz von einigen solcher Kinder- oder Insassenakten kämen. Mit dem Hund zu Hause angekommen war, stand für ihn fest, dass er beim nächsten Mal Nyffeler fragen würde, ob es eine Chance gäbe, diese Akten zu finden.

Sonntag Morgen frisch verschneite Strassen zeigten sich im erwachenden Morgenlicht. Marco holte seinen Freund ab und sie fuhren zusammen in die Bank. Auf dem Weg zum Treffpunkt erläuterte Erich seinem Fahrer, die er gestern auf dem Rundgang mit Elvis hatte. „Die Akten der Insassen oder mindestens einige wenige wären sicher ganz hilfreich für unser Vorhaben." Meinte Marco zu den Äusserungen seines Freundes. „Die liegen jedoch in der Schweiz in einem Keller, wenn überhaupt noch das sind mindesten dreissig oder fünfunddreissig Jahre her." Gab er zu bedenken. „Wir kommen eh nicht darum herum in die Schweiz zu reisen. Also können wir uns sicher erlauben nach diesen Unterlagen zu forschen oder zumindest zu fragen." Gab Erich zu zurück. „Ja, dem ist so." Bekräftigte sein Freund die gemachte Aussage. Nyffeler wartete am vereinbarten Treffpunkt und die drei gingen hoch, direkt in die oberste Etage in das Büro, das schon mehrfach bekannt war.

Die Teilnehmer hatten wieder ihre Plätze eingenommen wie am Vortag. Erich eröffnete die Besprechung damit, seine Gedanken bezüglich Akten der Insassen darzulegen. Nyffeler hörte ihm gespannt zu und macht sich zwischen den Ausführungen von Erich Notizen in ein kleines Notizbüchlein. Als er fertig war mit seinen Wünschen zu den fehlenden oder besser gesagt ge-wünschten Akten räusperte sich der Direktor und sagte mit leiser Stimme. „Ich weiss nicht ob diese Dokumente noch existieren. Auf-grund der Aufbewahrungsdauer wäre ich der Meinung könnten Sie vernichtet worden sein. Aber vielfach schenkt man den Akten nicht soviel Bedeutung und der Archivar ist die Büroangestellte der Pfarrei, die sich mehr schlecht als recht um die Ablage kümmert. Vielleicht haben wir Glück und finden noch einige solcher Akten in irgendeinem Keller oder Dachgeschoss." Erwiderte Nyffeler an die Adresse von Erich. „Wo sind die Unterla-gen der Finanzströme aus den Verkäu-fen," doppelte Marco nach. „Keine Ahnung, bei dem verstorbenen Mitglied Albert Rin-derknecht waren sie nicht. Was aber nicht bedeutet, dass sie nicht noch existieren. Per se glaube ich auch, dass die beiden Kassen streng getrennt geführt wurden. Wenn eine Revision der Finanzen des Heimes, und die waren alljährlich in den Räumen, so etwas rausgefunden hätte, wäre die ganze Geschichte aufgeflogen. Was sie aber bis heute nicht ist. Ich gehe davon aus, dass jemand anders die Verkaufskasse geführt hat. Das Dokument, das ich ihnen beiden zugesteckt habe, fand ich in den Unterlagen, die ich mitgenommen habe. Das Einzige was mir dabei aufgefallen ist, war das dieses Dokument irgendwie nicht in den Stapel der Akten gepasst hat. Wieso auch immer." Beendete Nyffeler seine Ausführungen. Die beiden Freunde schauten sich fragend an und musterten ihren ehemaligen Despoten argwöhnisch. „Ich verstehe ihr Misstrauen mir gegenüber und glauben Sie mir es ist auch für mich keine einfache Situation. Vielleicht habe ich mich in etwas verrannt und will mir nicht eingestehen, dass der Plan, mein Vergeltungsplan ein Wunschtraum bleibt. Dann nehme ich jetzt die Akten zu mir, bedanke mich bei Ihnen für die Zeit, die sie mir gewidmet haben und gehe meines Weges. Sie werden mich nie mehr wieder sehen." Stellte er den beiden sein Ultimatum, erhob sich vom Sitz und sammelte die Dokumentenmappen ein. „Halt," sagte Erich mit bestimmter Stimme. „Keiner von uns hat gesagt, dass wir nicht dabei sind. Wir haben nur die Quellen der uns vorliegenden Akten hinterfragt. Dies dürfen Sie uns nicht verübeln, da wir beide aus Branchen kommen da hinterfragen und absichern ein alltägliches Geschäft ist," gab ihm Erich zu verstehen. „Erzählen sie uns bitte ihre Vorstellung davon, wie wir die fünf Mitglieder angehen sollen?" Fragte Marco, um das Gespräch in eine andere Richtung zu lenken. In der Nähe läuteten die Kirchenglocken zum Sonntagsgottesdienst. Sie erklangen wie eine Eröffnungsmelodie. „Ich habe mir folgendes vorgestellt. Wir werden, wie schon mehrfach gesagt, keine Verstösse gegen geltendes Recht machen. Wir müssen aber damit rechnen, dass die gegenüberliegende Seite nicht so denkt und zu unlauteren Mitteln greifen wird. Ich glaube, wenn wir die Mitglieder jeweils unverhofft und in einer Situation mit den Fakten konfrontieren dann werden wir am meisten Erfolg haben." Nyffeler stoppte mit seinen Ausführungen und schaute die beiden an, um von ihnen ein kleines Zeichen der Zustimmung zu erhalten. Die zwei bestätigten ihr Einverständnis zum gesagten mit einem Kopfnicken. „Sobald wir uns folgende Überlegungen gemacht haben Wen besuchen wir zuerst? Mit welchen Fakten konfrontieren wir die jeweilige Person? und zuletzt Was wollen wir bei jedem Einzelnen als Ziel erreichen? Wann ist oder dürfen wir unsere Mission als gelungen ansehen? Diese Fragen müssen wir beantworten, bevor wir zu unserem Feldzug aufbrechen," beendete er seine Antwort auf Marcos Einwand, stand auf und trat zu dem Nebentisch, um sich eine Tasse Kaffee einzuschenken.

Die drei besprachen sich den Rest des Tages über diverse Punkte ihres Vorhabens. Wie sieht der ideale Ablauf aus, wie gross war der Zeitbedarf, den sie benötigten für die Durchführung der Aktionen und wo bekämen Sie relevante Informationen zu Ihrem Vorgehen. Sie beschlossen, dass Nyffeler in die Schweiz zurückkehren sollte. Mögliche weitere Erkundigungen einholen und beschaffen. Mit dem Hauptaugenmerk in Richtung Akten der Heiminsassen. Erich und Marco melden bei ihm, wenn es aus Ihrer Sicht losging. Die drei rechneten mit einer Zeitdauer von zehn bis vierzehn Tagen um alle Mitglieder zu kontaktieren und sich mit den Fakten zu konfrontieren.

Marco fuhr Erich gegen den frühen Abend nach Hause. Er betrat das Anwesen, es war Stille darin. Keine Mädchen, kein Hund und keine Ehefrau. Stattdessen lag ein Zettel auf dem Wohnzimmertisch Sie seien zu einem Besuch bei den Eltern von Jorit und werden auf das Abendessen wieder zurück sein. Das bedeutete, er hatte ein bis zwei Stunden für sich alleine. Die beiden Tage mit Nyffeler hatten ihn einiges an Substanz gekostet und er war müde. Leer in seine Gedanken und im Kopf. Er haute sich auf das Sofa und schlief nach wenigen Augenblicken ein. Geweckt durch das Geschrei der hereinstürmenden Mädchen und dem dumpfen Freudengebell von Elvis wurde Erich aus dem Schlaf gerissen. Ein bisschen benommen versuchte er sich, vom Sofa zu erheben, keine Chance, seine Jungmannschaft belagerten und hielten ihn fest. Nach einer gewissen Zeit des Belagerungszustandes und dem hochheiligen Versprechen, mit den beiden zum Abendessen Pizzas zu backen, wurde er aus seiner misslichen Lage freigelassen. Er drückte Jorit einen Kuss auf die Wange und umarmte Sie innig. „Ich habe dich in den letzten zwei Tagen vermisst," flüsterte er ihr ins Ohr. „Wir dich auch," bekam er zur Antwort, bevor Sie sich aus seiner Umarmung befreite.

Erich und Marco vereinbarten zunächst den Silvester und das Neujahrsfest hinter sich zu bringen und im Anschluss daran die weiteren Schritte zu erklären. Nyffeler liess sie über eine SMS von einem Pre Pay Mobil wissen, dass er morgen in die Schweiz zurückreise und er sich melden werde, sobald er Neuigkeiten habe.

Familie Sohm verbrachte die Neujahrsfeiertage bei den Eltern von Jorit auf dem Hof. Es waren sonnige, aber kalte Tage. Das Ehepaar Sohm nahm sich Zeit, die ganze Angelegenheit mit Erichs und Marcos Vergangenheit zu besprechen und zu überdenken. Ihr war es klar, dass ihr Mann diesen Schritt wagen muss. Ansonsten würde er es später bereuen. Sie erkannte, dass es ihm wichtig war, seinen Patenonkel kennen zu lernen und so mehr über seine Eltern zu erfahren. Nebenbei half Jorit ihrer Mutter in der Küche. Erich wandelte mit seinem Schwiegervater Lasse über den Hof und schmiedete zusammen mit ihm Pläne, wie es aussähe, wenn er mit seiner Frau und den beiden Kindern hier aufs Land ziehen würde. So vergingen die Tage wie im Fluge und die Heimreise kam schneller als gedacht.

Am nächsten Tag trafen sich Marco und Erich wie vereinbart zum Lunch in einem kleinen gemütlichen Café bei der Bank um die Ecke. Sie glichen Ihre Terminkalender ab, um einen Zeitpunkt zu finden, an dem sie die Reise in die Schweiz in Angriff nahmen. Sie entschieden sich auf die ersten beiden Wochen im Februar. Bis dahin hat Nyffeler genügend Zeit, um an möglich weitere Akten zu gelangen. Marco kommunizierte mit dem ehemaligen Direktor den Zeitraum mit der Aufgabe geeignete Hotels und Transportmöglichkeiten zu organisieren. „Bist du dir sicher, dass das der richtige Weg ist, den wir gehen?" Erlaubte sich Erich seinen Freund zu fragen. „Ich weiss es nicht. Aber eines bin ich mir ziemlich sicher. Wenn ich meinen Vorsatz mir gegenüber in die Tat umsetzen will, dann ist das Vorgehen mit Abstand die beste Variante. Ich habe mir persönlich verboten, darüber noch einmal nachzudenken. Ich ziehe das jetzt durch. Und dir mein Freund rate ich dasselbe zu tun." Erwiderte Marco seine Antwort energisch auf die Frage von Erich. „Schon gut, alles klar," sagte Er halb murmelnd vor sich hin. Sei schnappten sich ihre Mäntel und begaben sich nach draussen in die Kälte.

„Heimrat"

Vor der Zeit, in der diese Geschichte handelte, waren Sozialinstitutionen wie Altenheime, Kinderheime, Irrenanstalten und teilweise Spitäler Sache der Kirche und ihre Glaubensorden. Ihr stand unter dem Begriff der Barmherzigkeit die Aufgabe, zu solche Institutionen und deren Insassen zu betreuen, und pflegen. Diese Erzählung spielt aber in einer „Übergangsphase" ab. Es gab zu jener Zeit mehrheitlich von Pater- oder Schwesternorden geführte Einrichtungen dieser Art. Langsam nahmen die Einflüsse der Öffentlichkeit, die Entwicklung der Bevölkerung und die Frage der Ressourcen (Fehlende Pater und Ordensschwestern) die Richtung an, Heime an Stiftungen oder an die öffentliche Hand zu übergeben.

Der Heimrat war ein Verwaltungs- oder Stiftungsrat, der als das oberste Organ einer Unternehmung oder eines Betriebes galt. In dem speziellen Fall dieses Kinderheimes gab es verschiedene Anspruchs-

gruppen, die in einem solchen Rat von Amtes wegen vertreten sein mussten. Politik lässt grüssen. Da es sich in Heimen zu dieser Zeit vielfach um Kinder ohne Eltern gehandelt hatte, waren sicher die Fürsorge und die Vormundschaftsbehörde dabei. Meistens war das Objekt, in unserem Fall das Haus „Zur Redlichkeit", in der Verantwortung einer naheliegenden Behörde unterstellt. In dieser Darstellung ist das Kinderheim der Stadt angegliedert und diese stellt das Anwesen gegen ein Entgelt zur Verfügung. Daher war das Liegenschaftsamt im Heimrat durch die Person von Herrn Lehner besetzt. Der Kanton liess sich durch die beiden Herren Sutz und Beer vertreten. Sutz versah seinen Dienst im Erziehungsdepartement und Beer galt als Vertreter der Politik und Wirtschaft.

Der Rat hatte ein Reglement, in dem die Tätigkeiten und Aufgaben umschrieben waren. Ebenso war darin die Höhe der finanziellen Entscheidungsfreiheiten für den Rat aufgeführt. Die Entschädigung der Mitglieder richtete sich nach der Besoldungsordnung des staatlich angestellten Personals.

Der Einsitz in solche Gremien war auf verschieden Arten möglich. Die einen wurden von Amtes wegen dazu beauftragt. Andere wiederum versuchten, in eine entsprechende Situation zu gelangen, um gewisse strategische Positionen zu beziehen, für einen allfälligen weiteren Karrieresprung. Zu der zweiten Gattung war es meist eine nahe Person aus Militär, was in der Schweiz lange Zeit das Karrierebrett sondergleichen war, oder ein Vertreter aus der Regierung, welcher wiederum mit seiner Empfehlung ein Ziel verfolgte. So entstand ein Filz aus politischen Kreisen, Verwaltung, Armee und Wirtschaft der manchmal die Züge einer verdeckten, zwei Klassen Gesellschaft annahm. Fähigkeit und Können war eher in zweiter Linie gefragt. Status war höher gewertet als fachliche Kompetenz. Waren doch Frauen zu jener Zeit nicht in solchen Positionen anzutreffen. Ebenso hatten die Insassen von Instituten kein Mitspracherecht. Sie hatten

167

keine Möglichkeit auf, irgendeinem Weg ihre Anliegen zu deponieren, oder bekannt machen. Die Lehrer waren dem strengen Blick und den Anordnungen des Direktors ausgesetzt, welcher das Bindeglied zwischen dem Rat und der Institution war.

Vor diesem Hintergrund, dass eine Hand die andere wäscht stand der Willkür Tür und Tor offen. In erster Linie spielte die Obrigkeitshörigkeit eine nicht zu unterschätzende Grösse. Keiner der bescheidenen Bürger und Bauern hätten Kritik geübt an solchen Konstrukten und den Führungen. Der Eigenmächtigkeit, sei es von Aufsichtsorganen und deren Teilnehmern, fiel es nicht schwer, gewisse Umstände zu erklären, vertuschen oder verschwinden zu lassen. Das Volk vertraute und hinterfragte nicht.

Diese Ausführungen beziehen sich nur auf die Geschichte, die in diesem Roman beschrieben wurde. Sämtlich Ähnlichkeiten mit Institutionen irgendwelcher Art, Politik und Gesellschaft oder einzelner Personen sind frei erfunden und unbeabsichtigt.

Kapitel 5

Der Tag der Abreise kam immer näher. Die Kontakte zu Nyffeler waren intensiv und zahlreich. Er hatte alles, wie abgesprochen aufgezogen. Nichts stand einem erfolgreichen Start im Wege. Beim Thema archivierte Dokumente der Insassen war er nicht da, wie geplant und vorgesehen, aber er arbeitete daran. Der Direktor hatte den beiden die Flugtickets organisiert. Der Hotelaufenthalt war bei Buchung ebenfalls bezahlt worden. Für die Zwei begann die Reise zu Hause, indem sie sich von den Liebsten verabschiedeten, und sich zusammen auf den Expresszug begaben. Der Sie in kürzester Zeit auf den Flughafen von Stockholm brachte. Dort angekommen checkten Sie ein, passierten die Sicherheitskontrolle und nahmen anschliessenden einen Drink in einem er unzähligen Restaurants, bevor sie zum Gate schritten. Der Flieger hob langsam von der Startbahn ab. Erich spürte die gewaltigen Kräfte beim Start auf sich einwirken. Er war fest davon überzeugt, das Richtige zu unternehmen, und froh, dass die Aktion losging. Er erhoffte sich die Bereinigung mit einer Geschichte, die schon über zwanzig Jahre dahin schlummerte und drohte vergessen zu werden. Auch wenn er es sich nicht eingestehen wollte, diese Zeit bedeutete für ihn eine latente Last in seiner Seele. Er schob die Gedanken beiseite und genoss den Flug. Nach zwei Stunden landeten die beiden an dem Ort, an dem Sie der Schweiz und ihrer gemeinsamen Vergangenheit den Rücken zugekehrt hatten. In der Hoffnung, in einem anderen Land eine bessere Zukunft zu haben und Abstand von dem Geschehenen zu gewinnen. Sie begaben sich zur Bahnstation, die sich drei Stockwerke tiefer unter dem Flughafen Gebäude befindet, und bestiegen den Zug, der sie an den Bestimmungsort brachte. Sie setzten sich in ein Abteil der ersten Klasse an die Fensterfront und betrachteten die Gegend, die an ihnen vorbeiflitzte. Erich fiel auf, wie sich in ihm ein eigenartiges Gefühl breitmachte und er nicht einordnen konnte, was er damit anfangen solle oder wie es zu interpretieren war. Ohne Fragen zu stellen, bemerkte er, dass auch Marco das gleiche Gefühl zu überkommen schien. Er drehte sich wieder dem Ausblick zu und ergab sich diesem Gewusel in seiner Magengrube. War es Heimweh? Kam in ihm der Gedanke auf. Möglich antwortete er zu sich selber. Die Gegend schoss an ihnen vorbei und an einige Bilder während der Zugfahrt erinnerten sich beide. Endgültig erkannten Sie die Einfahrt in Ihre alte Heimat als sie über die Eisenbahnbrücke fuhren, an der ein Fussgängersteg zu einem Stausee führte, welcher ein beliebtes Ausflugsziel für die Stadtbewohner ist. Unzählige andere Brücken überquerten dieses Tal ebenfalls. Erich war nicht mehr gegenwärtig, wie viele Überquerungen es genau waren. Danach erschienen die Blocksteinhäuser die zur Getreide Mühle von einst gehörten, nahe an einer verlassenen Bahnstation. Das Gebiet kam ihnen vertraut vor. Kurz vor der Einfahrt in ihren Bahnhof unterquerten sie eine Überführung, auf der eine der Hauptverkehrsachsen der Stadt verlief. Wenige Momente später hielt der Zug an der Perron Kante zwei. Sie waren angekommen an dem Ort, den sie vor langer Zeit verlassen hatten. Zurück in der Region, indem sie ihre Studienzeit verbrachten. In der ihnen aber ein grosser Teil ihrer Jugend geraubt und gestohlen wurde. Auf dem Bahnsteig erwartete Sie der Direktor in einem warmen Wintermantel trotz milder Temperaturen. Sie begrüssten sich kühl, distanziert ohne Formalitäten und begaben sich auf direktem Weg in die Parkgarage auf der rückwärtigen Seite des Bahnhofareals. Sie verstauten das Gepäck in einem grosszügigen Van und Nyffeler forderte Seiler auf sich, hinter das Steuer zu klemmen und loszufahren. Sie nahmen die Auffahrt zur Autobahn in Richtung Westen aus der Stadt hinaus. Nach etwa fünf Kilometern verliessen sie die Bahn wieder und gelangten in eine Agglomerationsgemeinde. Dort bezogen Sie ihr Unterkunft in

einem Hotelkomplex, der an ein Einkaufszentrum und einen Freizeitpark angegliedert
ist. Es war später Nachmittag und die drei
vereinbarten sich, in einer Stunde an der
Hotelbar zu einem Drink zu treffen. Erich war
früher bereit und entschloss sich, den Komplex, den es zu seiner Zeit schon gab, zu
besichtigen. Er schlenderte durch die kleine
Mall des Warentempels und bemerkte, wie
extrem er auf die Sprache und Unterhaltun-
gen der Einheimischen achtete, die ihm immer noch geläufig war. Sie klang nicht un-
ähnlich seiner heutigen Landessprache dem
Schwedischen. Obwohl er sich mit Marco
meist nur in seiner Muttersprache dem
schweizerdeutsch unterhielt, war es für ihn
doch befremdend neu und ungewohnt. Eigenartig und seltsam den Dialogen der
Menschen zu folgen und sie versuchen zu
verstehen. Er strengte sich enorm an, um
die Gespräche oder Gesprächsfetzen, die er
belauschte nachvollziehen zu können. Aber
es war ihm bewusst, je mehr er wieder seiner angeborene Sprache kommunizierte, um

so besser wird sein Hörverständnis werden. Es war an der Zeit, den Weg in die Bar in Angriff zu nehmen. Er schlenderte zum vereinbarten Treffpunkt. Dort hatten sich Marco und Nyffeler bereits in einer der Sitzgruppen Platz genommen und nippten an einem Glas Wein. Er bestellte sich an der Bar ebenfalls ein Glas Wein und setzte sich zu Ihnen. „Angekommen in der alten Heimat," fragte der Direktor die Zwei und beobachtete Sie aus dem Augenwinkel, während er trank. „Einiges ändert sich nie und neues kommt dazu." Gab Marco zur Antwort. „Übrigens ich habe in einem der Hotelrestaurants für uns einen Tisch reserviert. Dort gibt es herrliche lokale Spezialitäten und gute Schweizer Küche. Ich hoffe das ist ihnen recht?" Fragte der Direktor in die Richtung der beiden. Sie nickten wortlos und segneten somit seinen Vorschlag ab. Die drei besprachen das Vorgehen der nächsten zwei Tage und den Stand der Nachforschungen um die Akten der Heiminsassen. „Ich denke wir besprechen das mit den Unterlagen nach dem Essen bei einem Schlummerbecher. Wie wir zu sagen pflegen." Schlug Nyffeler vor. Auf ein Zeichen von dem Direktor, erhoben sie sich von den Sesseln und begaben sich zu dem Lokal am anderen Ende des Foyers. Die drei betraten das Restaurant und ihnen kam ein wohlbekannter aber in der Zwischenzeit vergessener Geruch von geschmolzenem Käse entgegen. Die beiden bekamen Hunger, nicht auf die Käsespeise, sondern auf die in dieser Gegend spezielle Kalbswurst mit Zwiebelsosse und gebratenen Kartoffeln. Sie assen schweigend vor sich hin und mit dem schon fast nicht mehr bekannten Geschmack des Gerichtes kamen ihnen die Bilder der Vergangenheit wieder hoch.

Im Anschluss an das Essen setzten sich die drei wie vereinbart in der Bar zu einem letzten Glas. Draussen war es dunkel und man sah durch die geschosshohen Fenster, wie es leicht nieselte. Im Kaminfeuer flackerte eine künstliche Flamme, welche eine angenehme Atmosphäre verbreitete, zusammen mit der gedämpften Musik im

Hintergrund. „Nun gut," eröffnete Nyffeler mit den Ausführungen zum Thema Insassen Akten. „Die Dokumente wurden tatsächlich im Pfarrhaus der kirchlichen Administration gelagert, bevor sie auf unerklärliche Weise verschwunden sind. Ob vernichtet, an einen neuen Ort gebracht kann niemand sagen. Es gibt auch keine Aufzeichnungen darüber. In dem Archiv Verzeichnis ist kein Ausgang der Akten verzeichnet. Aber komischerweise ein Eingang zu den Akten der aber erst gut vier Jahre alt ist. Die ältesten Akten mussten aber schon vor fünfundzwanzig oder gar dreissig Jahren dort eingelagert worden sein." „Wollen sie damit sagen, irgend jemand hatte grosses Interesse daran diese Akten zu verheimlichen und zum Verschwinden zu bringen?" Fragte Erich nach. „Es sieht ganz danach aus. Diese Akten zum Verschwinden zu bringen ist nicht ganz so einfach. Die mussten an diversen Orten zumindest registriert sein, damit man eine lückenlose Geschichte aufweisen konnte. Zumindest für die Rechnungslegung." Erläuterte er weiter. „Oder aber," ergänzte Marco, „jemand benötigt die Akten als Druckmittel um allfällig Mitbeteiligte ruhig zu halten." Die beiden schauten ihn erstaunte an und nickten ihm zu. Mit dieser unbeantworteten Frage löste sich die Runde auf. Nyffeler wünscht Erich und Marco eine angenehme Nachtruhe und verabschiedete sich mit dem Hinweis auf den nächsten Morgen acht Uhr Treffpunkt beim Frühstück. Die zwei Gefährten blieben sitzen und bestellten sich ein weiteres Glas Wein. „Wie geht es dir?" Fragte Erich seinen Freund. „Es geht, ein bisschen Gewöhnung bedürftig das Ganze. Ich denke aber es kommt schon gut," beschwichtigte er und nahm einen Schluck. „Auf jeden Fall werde ich den Wein hier des Öfteren geniessen. Ist ja nicht wie bei uns zu Hause fast unerschwinglich." Lachte er leise vor sich hin und leerte das Glas. Marco verzog sich auf sein Zimmer und liess Erich alleine in der Bar zurück.

Am nächsten Morgen trafen sie sich wie vereinbart zum Frühstück. Sie besprachen das Programm des folgenden Tages und begaben sich schon bald auf den Weg. Sie besuchten das ehemalige Kinderheim „Zur Redlichkeit" welches heute verschiedenen Gewerbetreibenden ein Dach über dem Kopf bot. Als sie auf der Zufahrt zum Gebäude langsam der Anlage entgegenfuhren, sahen sie das trutzige Anwesen im Sonnenschein dastehen. Wie ein Bollwerk, das allem trotzt, was sich ihm entgegenstellt. Bewacht und behütet, was ihm anvertraut wurde. Die Erscheinung hatte etwas von ihrem Glanz verloren, erschien es den beiden von weitem betrachtet. Sie parkten das Auto neben der Holzhalle welche zu Ihrer Zeit als Turn- und Sporthalle gedient hatte. In der Halle war ein Zwischenboden eingezogen worden, auf dem sich zahlreiche Pulte mit Computerschirmen und Zeichnungstischen standen. Wahrscheinlich ein Architekturbüro oder ein Grafiker Atelier rätselten die Betrachter. Sie spazierten, auf die andere Seite des Gebäudes, um zu dem Haupteingang zu gelangen. Die Inschrift „Zur Redlichkeit" prangte darüber wie dazumal. Die Lettern waren nicht mehr so gepflegt und glänzend wie einst, doch immer noch strahlten sie golden aus einer vermeintlich prunkvollen Zeit. Sie betraten das Innere des Anwesens und ihnen schlug nicht, wie erwartete der Geschmack von gebohnerten Holzdielen entgegen. Nein die Böden waren neu mit steinernen Platten belegt in einem dunkel variierenden Muster verlegt. Dies verschaffte dem Korridor eine spielerische Leichtigkeit. Die alten Lampen waren ersetzt worden durch leuchtende Strahler die, wie ein Bündel loser Glühbirnen von der Decke hingen und den Hausflur ebenfalls in ein warmes Licht tauchten. Während sie sich ein bisschen umschauten, trat ein gut gekleideter Herr zu Nyffeler hin und begrüsste die Delegation. Gestylt mit strengem Seitenscheitel, sorgfältig gestutzter Bart, Weste mit einer silbernen Uhrenkette, die von der Knopfleiste in eine kleine Tasche führte, eine perfekt sitzende Jeans Hose und seine Füsse steckten in gepflegten braunen Lederschuhen. Er gab sich als Geschäftsführer zu erkennen, der diese Institution leitete. „Wie gesagt meine Herren ich führe sie gerne durch das Gebäude und zeige Ihnen was wir in den letzten Jahren daraus gemacht haben als wir es übernommen hatten." Sie stiegen die breite, ihnen bestens bekannte Treppe hinauf zu dem Geschoss, in dem die Mädchen untergebracht waren. Die ehemaligen Schlafsäle beherbergten Büroräumlichkeiten für ein Institut der Universität, die sich in der Stadt ansässig war und den beiden Freunden vertraut war. Moderne Toiletten Räume befanden sich dort, wo einst die Wasch- und Duschräume waren. Nichts erinnerte mehr an die kalten Wände, die mit hellbeigen Kacheln belegt waren. In allen Geschossen waren kleine Küchen installiert worden, die als Treffpunkt für die Angestellten gedacht waren und genutzt wurde. In den oberen Etagen präsentierte sich dasselbe Bild Büros für die verschiedensten Mieter und Klientel. Von Kommunikationsagenturen über Versandhandel und eine Entwicklungsfirma für Softwareprodukte. Die drei besahen sich das Gebäude mit einer fast ehrfürchtigen Haltung und mit dem Wissen, welche unsäglichen und schrecklichen Geschichten diese Mauern erzählen könnten, wäre ihnen das Reden möglich und nicht vergönnt.

„Können wir noch die unteren Geschosse sehen, die würden mich noch interessieren?" Fragte Marco den Geschäftsführer, der still und leise neben Ihnen her trabte. Er hatte schnell bemerkt, dass er den Besuchern nicht erklären musste, was sich in diesem Gebäude vor der Umnutzung befunden hatte. Die drei wussten in ihrem kleinen Finger mehr von den alten Gemäuern, als er sich nur zu träumen wagte. Sie betraten das Untergeschoss über eine neue Treppe, welche aus Stahl gefertigt war. Die Auftritte waren im selben Material und Muster ausgebildete wie die Korridorflächen. Auch hier erinnerte nichts mehr an die alte Zeit. Das Geschoss war vollgestopft mit technischen Anlagen für Lüftung, Heizung, Wasser- und Stromversorgung. Die Trennwände der

Werkräume waren ersetzt worden durch einzelne Stahlstützen und der Kohlenbunker in der Ecke war von einem grossen geschosshohen Kessel ausgefüllt und besetzt. Die Kellerwände waren weiss gestrichen und alles war mit Leuchtbändern aus Neonröhren hell ausgeleuchtet. Erich erkundigte sich nach dem Zugang in das berüchtigte untere Geschoss. Der Führer brachte sie zu einer Tür, die im Dunkeln verborgen lag. Dahinter führte die alte bekannte schmale Stiege in den untersten Teil des Gebäudes. Fast ein bisschen angsterfüllt und ehrfürchtig setzten die beiden Freunde ihre Füsse auf die Treppe. Sie gelangten über sie in das Reich des Ungeheuers, der keine zwei Schritte hinter ihnen ebenfalls die Stufen betrat. Der Gang und die beidseits davon gelegenen Zellen hatten Bestand in der Art, wie man sie zu Zeiten des Regimes benutzt hatte. Die schweren Zellentüren waren durch Holztüren ersetzt worden. Der Korridor und die Verliese waren weiss gestrichen und hell beleuchtet. In den Räumen waren Archiv-

und Lagerräume eingerichtet für die Firmen, die in dem Gebäude arbeiteten. Die drei standen in dem Kellergeschoss und schauten sich wortlos in die Augen mit dem Wissen, dass dieses Geschoss so manches, junges und unschuldiges Leben auf seinem Gewissen hat.

Als die kleine Gesandtschaft wieder im Erdgeschoss eintraf, verabschiedeten sich die Herren voneinander mit einem kräftigen Handschlag. Nach einigen Schritten in Richtung Haupteingang drehte sich Marco um und fragte in den Geschäftsführer, „haben Sie eine Ahnung ob bei der Räumung des Gebäudes irgendwelches Archivmaterial zum Vorschein kam und abtransportiert worden war?" „Nein," erwiderte der Angesprochene. „Das Anwesen übernahmen wir komplett leer. Es stand ja auch einige Zeit davor leer." Ergänzte er seine Ausführungen. Marco bedankte sich und schritt seinen drei Begleitern hinterher. Sie schlenderten in einem Rundgang um das Gebäude herum. Dabei fiel ihnen auf, dass die Treppe, die damals direkt von der vierten Etage zur kleinen Kapelle und der Halle führte, entfernt worden war. Man sah nur noch schwach die Stellen, an denen die Konstruktion befestigt war. Die Gartenanlage war ebenfalls umgebaut. Sie bestand nur noch aus Blumenwiese. Die Rabatten und Blumenbeete waren ebenso verschwunden wie die Gemüsebeete. Einzig die Obstbäume standen in Reih und Glied, wie schon seit langem. Auch zu den Zeiten des Gräuels, dass sich hinter diesen Gemäuern abgespielt hat.

Sie verliessen das Gelände über die Zufahrt. Sie fuhren Sie nicht in Richtung Stadt, sondern folgten der Hauptstrasse nach Osten, bis sie zu einer Abzweigung gelangten. Dort bogen sie in eine Zufahrtstrasse ein, die sie in eine Aussensiedlung führte. Kurze Zeit später wich der Strassenbelag einer unebenen Kiesstrasse. Zur linken Seite erschien ein prunkvolles Herrschaftshaus aus der Hochblüte der Stadt. Nyffeler der auf dem Beifahrersitz Platz genommen hatte, drehte sich um und sagte zu Erich, der auf der Rückbank sass, „das ist das Anwesen von ihrem Patenonkel Peter Beer." Sie fuhren einige Meter an dem Gebäude vorbei und hielten dann an. Das Grundstück war von einer mannshohen Hecke abgegrenzt gegenüber eines Feldweges, der direkt daran anschloss. Dieser Abschluss umfasste drei Seiten, die man von ihrem Standort einsah. Hinter dem Anwesen in Richtung Stadt erkannte man den Verlauf des Grundstückes und dessen Abgrenzung nicht. „Wollen wir aussteigen und uns das Ganze aus der Nähe ansehen?" Fragte Erich seine beiden Begleiter. „Ich würde ihnen das im Moment nicht empfehlen. Wenn er eine Videoüberwachung besitzt und allenfalls erkennt wer sich für sein Anwesen interessiert, könnte er gewarnt sein." Gab Nyffeler zu bedenken. „Wir werden noch früh genug auf an diese Haustüre klopfen. Morgen nehmen wir uns zuerst den hintersten in der Reihenfolge zur Brust. Als Aufwärmung." Sagte er und lächelte mit seinem altbekannten dreckigen Ausdruck im Gesicht.

Marco liess den Motor an und folgte der Nebenstrasse, bis sie eine Möglichkeit fanden, auf die Hauptstrasse zurückzukehren. Sie fuhren direkt nach diesem Ausflug ins Hotel und legten sich die Akten zurecht, die sie benötigten für die morgige Gegenüberstellung mit Gottfried Lehner.

Sie begaben sich für das Briefing des folgenden Tages in die Bar. Auf dem Weg dorthin meldete sich da Telefon von Nyffeler. Er nahm das Telefonat entgegen, begrüsste den Anrufer und entfernte sich einige Schritte von Erich und Marco. Die beiden liefen vor in die Bar, setzten sich in die Polstersitze und warteten auf das Eintreffen von ihm. Er kam mit schnellen Fusses in die Richtung der zwei, hockte sich hin und war ausser Atem. „Also bezüglich den Akten habe ich folgendes in Erfahrung gebracht. Die Akten wurden allesamt vernichtet. Aber es wurden Kopien gemacht und die ganzen Unterlagen wurden digitalisiert." „Und wer hat diese digitalisierten Daten nun?" Fragte Marco stellvertretend für alle Anwesenden. „Das wissen

wir nicht. Die Datenträger wurden nach Aus-
lieferungsbericht an eine Firma übergeben,
die in Konkurs gegangen ist und zuständig
gewesen wäre für die weitere Aufbewahrung
der Daten." „Unglaublich," kam es aus Erich.
„Sie wollen mir tatsächlich sagen, dass der
Staat Daten an Dritte übergibt ohne sich um
deren Lauterbarkeit zu informieren?" Kam es
entsetzt aus dem Mund von ihm. „Halt, ich
bin ja nicht blöd. Das ist erst die Information,
die ich zum jetzigen Zeitpunkt habe. Meine
Schnüffelnase in der Regierung geht genau
dieser Frage nach. Wer ist diese Firma, Wo
hatte sie ihren letzten Sitz und wer steckt da
dahinter?" Beruhigte ihn der Direktor.

Am nächsten Tag trafen sich die Drei
wie vereinbart beim Frühstück. Im Speises-
aal herrschte ein reger Betrieb, da an den
folgenden zwei Tagen ein Kongress in den
Räumlichkeiten des Hotels stattfindet und
viele Teilnehmer schon am Vorabend angereist waren. So fanden Sie trotz allem einen
Tisch direkt an der Fensterfront des Winter-
gartens, in dem das Frühstück serviert wur-

de. Draussen schneite es leicht und die Schneewolken hingen tief. Die Truppe besprach den Tagesablauf des heutigen Tages. Erich und Marco waren nervös, angespannt und schienen unsicher. Nyffeler jedoch strahlte eine Ruhe aus, die auf die beiden sedierend wirkte und ihnen eine gewisse Sicherheit gab. Sie schritten nach dem Frühstück in die Parkgarage zum Auto, stiegen ein und fuhren auf die beschneite weisse Strasse. Dort reihten Sie sich in den Verkehr ein und begaben sich in Richtung Süden zu der Adresse des Arztes. Sie gelangten in ein Aussenquartier der Stadt, welches gekennzeichnet war durch einen dorfähnlichen sehr ländlichen Charakter. Ein schmaler Bach floss durch diesen Stadtteil und gab der ganzen Szenerie etwas Harmonisches. Sie suchten die Adresse des Arztes. Eine Weile später fanden Sie die Anschrift in einem Haus mit einigen Wohneinheiten, wie es von aussen schien. An der Hauswand war mit einer Tafel die Praxis des Dr. A. Schedler angeschrieben „Eingang im

EG" stand darauf geschrieben und in kleinen Lettern darunter der Hinweis „Amtsarzt". Das Hinweisschild war nicht mehr das neueste und zeigte am oberen Rand schon Spuren, Tropfspuren, die durch den Regen verursacht über das Schild liefen. Das Haus war ein normales Wohnhaus, wie sie in vielen Städten anzutreffen sind. Die Delegation fuhr zuerst an der Liegenschaft vorbei, um sich einen Überblick zu verschaffen. Am Ende der Strasse wendeten Sie und liessen den Wagen langsam auf den Parkplatz rollen, der mit Besucher angeschrieben war. Sie parkten das Auto, Nyffeler schnallte sich los und versicherte sich bei den beiden Mitfahrern, ob alles in Ordnung ist und stieg aus dem Fahrzeug aus. Er bewegte sich auf den Eingang der Praxis zu. Die drei hatten vereinbart, dass zuerst der Direktor den Erstkontakt mit der Person herstellen sollte. Den Anfang des Gespräches ihm zu überlassen und die beiden Wartenden mit einem Anruf ebenfalls zur Runde dazu kommen lassen. Damit wollten Sie vermeiden, wie ein

Überrollkommando zu wirken. Nyffeler drückte den Klingelknopf und kurz darauf wurde ihm Türe geöffnet und er trat ein. Die beiden Jungs warteten im Auto dicht einge-packt in ihre Wintermäntel und Jacken. Es hatte aufgehört, zu schneien, und es kam ein kalter Wind auf. Nach einiger Zeit ertönte das Mobiltelefon von Erich und eine Nach-richt forderte die beiden auf nachzukommen. Erich und Marco stiegen aus dem Auto mit leicht schwitzenden Händen und einer inne-ren Unruhe. Sie schauten sich an, nickten kurz und liefen in Richtung Praxiseingang davon. Sie mussten nicht klingeln. Die Ein-gangstüre öffnete sich automatisch und gab den Weg frei in einen Korridor, an dessen Ende ein unbesetzter Empfangstresen stand. Sie betraten den Flur, da kam ihnen aus ei-ner seitlichen Türe, ein kleiner, aber rüstiger Mann entgegen. Mit schlohweissen längeren Haaren, die ihm auf die Schulter fielen. Er trug eine Cordhose ein hellblaues Hemd mit einer dunkelblauen Fliege und einer Weste in gleicher Beschaffenheit und Farbe wie die

Hose. Auf seinem Nasenrücken sass eine runde Nickelbrille, die mit einem Brillenband um seinen Hals gesichert war. Aus dem weissen Kittel, den er trug, schaute aus einer Tasche ein Stethoskop heraus und in der Brusttasche steckten diverse Schreiber und ein unbenutztes Brillenetui. Er begrüsste die beiden mit einem kurzen Blick und wies sie mit einer Handbewegung in den hinter ihm liegenden Raum. In dem Zimmer stand zur linken Seite ein Regal vollgestopft mit Büchern. Literatur aus der Medizin, medizinische Nachschlagewerke und einige Werke über Naturheilkunde. Vor dem Zimmerbreiten Fenster befand sich ein schwerer brauner Schreibtisch mit stapelweise Dokumenten und Akten darauf. Dazwischen stand eine Schreibtischlampe, die knapp über die Stapel hinausschaute. Nyffeler sass an einem langen Tisch, an dem sechs Stühle aufgereiht waren. An einer der Wände hing ein Leuchtkasten für die Betrachtung von Röntgenbildern und daneben ein kleiner Schrank mit medizinischen Gerätschaften.

Der Arzt wirkte zerstreut und chaotisch. Er erinnerte mit seinem Aussehen an den Doktor Emmet Brown in dem Spielfilm „Back to the Future". Er wies Erich und Marco einen Stuhl an dem langen Tisch zu. Als sich die beiden hingesetzt hatten, befragte Nyffeler den Mediziner wie abgesprochen. „Herr Schedler, zuerst einmal herzlichen Dank das sie uns empfangen. Die beiden Herren, die heute mit mir gekommen sind, waren ehemalige Kinder des Hauses Zur Redlichkeit und wie wir alle wissen waren Sie dort in dem Heim als Heimrat tätig, oder?" Fragte er den Arzt fast verhörmässig. „Der putzte sich zuerst die Brille mit einem Zipfel seines weissen Kittels, setzte sie ungelenk auf die Nase und stammelte etwas vor sich hin. „Wie bitte, ich habe Sie akustisch nicht verstanden Herr Schedler." Ermunterte ihn Nyffeler. „Ja, ich war in der Aufsichtskommission oder wie sie den auch nennen wollen zu jener Zeit als junger aufstrebender Arzt. Hatte meine Praxis erst neu eröffnet, verheiratet und meine Frau war mit einer meiner beiden

Töchter schwanger," wobei er auf ein Bild an der Wand zeigte auf dem die beiden Mädchen im Alter von 10 oder 12 Jahren abgelichtet waren. „Ebenfalls war ich zu jenem Zeitpunkt in der Politik engagiert. Ich habe mich zur Wahl in die Kommune aufstellen lassen." Sagte er mit einer gewissen Bitterkeit in seiner Stimme. „Haben sich aufstellen lassen?" Fragte Marco. „Ja, ich liess mich auf Drängen meines Vaters damals für die Politik aufstellen mit dem Versprechen, dass danach für meine Praxis gesorgt sei." „Und war es das auch?" Hackte Erich ein. „Ja, ich bekam nach der Wahl einige Posten zugeschanzt wie Vertrauensarzt der Sozialinstitutionen, teilweise war ich für gewisse Bereiche zusammen mit dem Schularzt verantwortlich." „Und erhielten aufgrund dieser Verbindungen auch den Posten als medizinisch Verantwortlicher für das Kinderheim," folgerte Nyffeler aus der Aussage des Arztes. „Haben sich dabei wohl eine goldene Nase verdient," erwähnte Marco beiläufig mit einem spitzen Unterton in seiner Stimme.

„Ja habe ich, etwa drei Jahre lang." Er hielt inne in seinem Redefluss, schaute nach draussen und fuhr dann fort. „Bis eine meiner Töchter eine schwere Erkrankung erlitt. Meine Frau pflegte Sie zu Hause wir bauten das Haus Rollstuhlgängig um. Bad, Zimmer dann der Aufzug angelehnt an das Haus und etliche Geschichten mehr. Es war die ältere der beiden Mädchen. An meinem 50 Geburtstag ist sie verstorben. Meine Frau starb vor 10 Jahren gerade als ich mich pensionieren liess an Krebs, Lymphdrüsen." Schilderte der Mann im weissen Kittel, sank in seinen Stuhl und war kurz davor einen Weinkrampf zu erleiden. Nach einer Verschnaufpause rappelte er sich wieder aus seinem Sessel hoch, zog die Nickelbrille von seiner Nase und erzählte erneut. „Meine jüngste Tochter war eine reisefreudige junge und temperamentvolle Person und genoss es die Welt zu entdecken. Sie arbeitete auf einem Reisebüro und verkaufte Reisen, bis zu dem Tag als sie auf einer Reise in Südamerika war." Er stoppe mit seinen Ausführungen schaute, durch das Fenster in dem sich die grauen Schneewolken von draussen abzeichneten. „Was war dann?" Fragte Erich gespannt. „Bis sie irgendwo in Bolivien einen Verkehrsunfall hatte und auf einer Bustour mit samt den Bus in eine tiefe Schlucht stürzte und nur noch tot geborgen werden konnte. Wir konnten Sie nicht beerdigen, da von ihr nicht mehr viel vorhanden war. Teile von ihr waren verbrannt und an gewissen Körperteilen haben sich die wilden Tiere genüsslich getan. Einzig aufgrund ihres Schädels und dem Gebissabdruck konnte man ihre Identität feststellen." „Das tut uns leid und erübrigt bis zu einem gewissen Grad unsere Anwesenheit aber vielleicht können Sie uns trotzdem helfen in der Angelegenheit, in der wir unterwegs sind." Setzte Nyffeler die Unterhaltung fort. „Wenn ich kann? Aber ich möchte Sie bitten nicht allzu lange zu verweilen, denn ich habe noch einen Termin bei meiner Bank." Bat der Arzt die Delegation. „Also wir haben die Vermutung respektive ich persönlich weiss aus meiner

Tätigkeit als Direktor, dass in diesem Heim nicht immer alles mit rechten Dingen zugegangen ist vor allem die unzähligen Abgänge von in Obhut gegebenen Kindern. In der heutigen Zeit würde man, so glaube ich zumindest, Fluktuation dazu sagen." Schaute Nyffeler Schedler an. Seine beiden Begleiter beobachtet er dabei aus dem Augenwinkel. Die sassen auf ihren Stühlen angespannt, erwartend in der Antwort des Mannes. „Abgänge, Fluktuationen?" Fragte der Arzt die Drei jeden Einzelnen anschauend. „Wenn ich ehrlich bin erinnere ich mich nicht einmal mehr an alle Mitglieder, die im Rat waren. Einzig den Peter Beer und den Stutz oder Sutz der Vorsitzende des Heimrates war. An die mag ich mich noch erinnern. Aber Kontakt hatte ich keinen, zu niemandem." „Nun gut Herr Schedler. Wir haben anzunehmen, dass hinter den Kulissen des Heimes ein florierender Markt bestand, in dem man das dazumal geltende Adopitionsgesetz ausser Kraft setzte und in eigener Regie einen Kinderhandel aufzog. Können sie uns dazu etwas sagen?" „Was wollen sie mir da unterstellen!" Herrschte der Herr hinter dem Schreibtisch Nyffeler an. „Wir wollen ihnen gar nichts unterstellen solange nichts bewiesen ist. Können Sie uns irgend etwas zu diesen Vorkommissen sagen." Wiederholte er seine Forderung gegenüber dem Arzt. „Wir werden es herausfinden das heisst wir haben genügend Dokumente und Unterlagen beisammen um diese Geschichte ins Rollen zu bringen. Also was war dazumal geschehen?" Fragte ihn Nyffeler mit Nachdruck in seiner bekannten Art. Mit schmalen Augen und starrem Blick fixiert er den Arzt. „Ich weiss gar nichts von derartigen Vorgängen. Ich kam ja dazumal mehr oder weniger zu dem Job über meine politischen Tätigkeiten. Die Insassen die krank wurden oder verletzt waren kamen zu mir in die Praxis. Das war die einzige Bevorzugung, die ich erhielt nebst meinem Sitzungsgeld, das mir ausbezahlt wurde. So wie ich mich aber erinnern mag, war ich nicht immer an allen Sitzungen anwesend. Ich fragte mich

manchmal schon, wie die anderen Teilnehmer alle ihre Termin unter einen Hut brachten." „Haben sie irgendwelche Unregelmässigkeiten in ihren Entschädigungen festge-
stellt? Oder sogar Handgeld bar direkt in die
Hand erhalten?" Der Doktor stöhnte. Man
merkte, wie es in seinen Gedanken drunter
und drüber ging. Feine Schweisstropfen
zeichneten sich auf dem Gesicht ab. Er
schüttelte den Kopf und sagte, „wenn meine
Frau noch leben würde, die könnte ihnen da
mit Bestimmtheit sagen. Sie hat jeweils die
Verrechnungen kontrolliert und mir die administrativen Arbeiten abgenommen. Aber
ich müsste das Ganze versuchen in den
noch bestehenden Papieren zu finden." Erwiderte er und liess sich in den Stuhl sinken.
Sichtlich erschöpft und matt von dem Gespräch. Ungläubig in seiner Haltung, schaute er die Drei vor ihm platzierten Personen
einen nach dem anderen an mit einem Blick,
der an Katastrophen und Unbill gewohnt war.
Er wirkte schockiert und entsetzt über diese
Tatsachen. Es vergingen einige Sekunden,

die sich anfühlten wie Stunden. Der Arzt schüttelte den Kopf und sagte leis zu sich „Kinderhandel, muss das jetzt auch noch sein?" Und widerte sich geekelt ab in seinem Stuhl. Er zog sein Taschentuch hervor und schnäuzte sich kräftig. Nyffeler nahm den Gesprächsfaden wieder auf und fragte Schedler, ob sie bei allfälligem Auffinden von unregelmässigen Zahlungen eine Kopie der Dokumente haben könne, die das Aufzeigen und Belegen würden. „Selbstverständlich, ich werde mich nach dem Termin auf die Suche machen und melde mich bei Ihnen. Ich denke bis morgen im Verlaufe des Tages sollte ich ihnen etwas sagen können." Gab der Doktor als Antwort zurück. Die drei Besucher erhoben sich von Ihren Sitzen zogen ihre Jacken und Mäntel an und verabschiedete sich von dem Gastgeber in Weiss. Nyffeler stand im Türrahmen der Haustüre, drehte sich um und sagte zu Schedler, „Ach und es wäre äusserst hilfreich, wenn dieser Besuch und das Gespräch in diesem Besucherkreis bliebe, Herr Doktor!" Dieser nickte wortlos. Die Delegation bestieg den Wagen. Es war kurz vor zwölf Uhr und sie fuhren auf dem Weg zum Hotel in ein Lokal und in dem sie einen Lunch zu sich nahmen.

Die drei warteten im Restaurant auf das Essen, da unterbrach Erich die Stille und sagte, „Einmal abgesehen von dem Vergehen an den Kindern hat dieser Mensch seine Strafe erhalten. Ich glaube ihm irgendwie, was meint ihr dazu?" Fragte er und schaute Marco an. „Ja mir geht es ähnlich, ich denke der hat seine Strafe zu Lebzeiten erhalten und jetzt noch mit seiner möglichen Insolvenz? Kein Zuckerschlecken denk ich mir," und wandte seinen Blick Nyffeler zu. „Grundsätzlich kann ich mich ihren gemachten Äusserungen anschliessen. Aber ich möchte mein endgültiges Urteil erst fällen, wenn wir die Unterlagen von ihm erhalten-haben und wir die Reaktion und die Aussagen der anderen Betroffenen ausfallen. Ich lasse mir meine Meinung noch offen." Gab er zur Antwort. In der Zwischenzeit wurde der Lunch serviert und die drei assen wortlos ihr Mittagsmahl. Nach dem Essen berieten sie, wie sie weiter vorgehen wollten, aufgrund der Informationen, die noch ausstehend waren. Es fehlten die Ergebnisse der Recherche der Insassen Akten und die Angaben von Schedler, die er ihnen auf morgen versprochen hatte. Nyffeler schlug vor als nächsten Kandidaten den Herrn vom Liegenschaftsamt Gottfried Lehner in die Mangel zu nehmen. Erich und Marco fuhren ihren Begleiter ins Hotel und die beiden Freunde entschlossen sich, der Bäderlandschaft einen Besuch abzustatten. Der nächste Treffpunkt war der Apero an der Hotelbar.

Die Bar war trotz der im Hause stattfindenden Kongresse nur wenig besetzt und die drei entdeckten schnell einen geeigneten Platz. Als die Herren ihre Getränke erhielten, orientierte sie Nyffeler darüber, dass die Firma gefunden wurde, welche die Daten der Heimkinder digitalisiert hatte. Man fand nur zum Zeitpunkt nicht heraus, wo die oder der Datenträger verwahrt wurde. Des Weiteren bekam er im Laufe des Nachmittags einen Anruf von Schedler bezüglich der unregelmässigen Zahlungen. Die beiden horchten gespannt auf, als er zu berichtete. „Der gute Mann hat in seinen Akten einen Hinweis gefunden, der darauf hindeutet, dass er Geld erhalten hat von einem Mitglied des Heimrates von wem konnte er nicht sagen. Komisch darin war, dass er anscheinend das Geld jeweils in bar in einem Couvert vorbeibrachte. Was die Gründe dafür waren, von woher genau diese Gelder stammten konnte er nicht mehr herausfinden. Es waren aber über eine Zeitspanne von einigen Jahren ein mittlerer fünfstelliger Betrag." Die beiden pfiffen leise durch die Zähne, als Sie dies hörten. „Ach ja und dann erwähnte er noch," sprach der Direktor weiter, „dass er insolvent sei und nun seine Bleibe aufgeben müsse. Mit seiner Rente komme er vielleicht in einem Altenheim als Sozialhilfeempfänger unter." Die beiden schauten Nyffeler fragend an und er erwiderte ihnen „also für mich ist der Fall Armin Schedler seines Zeichens

Amtsarzt und Heimrat im Haus Zur Redlichkeit erledigt." Somit hatten Sie den Ersten
von fünf Ratsmitgliedern abgehandelt und
waren mit der Ausbeute eigentlich zufrieden.
Mit der persönlichen Situation des Arztes
war schon genügend Sühne geschaffen und
er wird in seiner weiteren Zukunft tagtäglich
daran erinnert was es bedeutet alleine zu
sein und einsam in einem Heim zu sterben.

Am nächsten Tag traf sich das Trio
wie gewohnt beim Frühstück. Sie besprachen kurz die Vorgehensweise bei ihrem
heutigen Besuch. Allen war klar, dass es
heute vermutlich nicht so einfach wird wie
am vergangenen Tag. Als sie das Mahl beendet hatten, stiegen sie in den Wagen und
fuhren in einen östlicheren gelegenen Stadtteil, zu Herrn Gottfried Lehner Vertreter des
Amtes für Liegenschaften verantwortlich für
Haus und den Umschwung der Anlage „Zur
Redlichkeit" Sie kamen in ein Quartier, das
geprägt ist von Mietshauskasernen. Von
aussen sahen die Gebäude runtergekom-
men aus. Der Mieterklientel sah nach Sozi-

alhilfeempfängern, Mietnomaden und Immigranten jeglicher Art aus. Sie erspähten das Haus, in dem Lehner zu wohnen schien. Sie fuhren sie wieder an der Liegenschaft vorbei, sondierten die Lage und harrten einen Augenblick aus, bevor sie ausstiegen. Das Auto parkierten sie direkt gegenüber der Mietskaserne, in dem der Besucher wohnte. Auf dem Parkplatz positionierten sie da Fahrzeug so, dass sie die Eingangsfront des Gebäudes einsahen. Nyffeler bildete die Vorhut, wie am Vortag. Die Temperaturen waren um einige Grad wärmer und es fiel kein Niederschlag. Weder als Schnee noch als Regen. In der Zwischenzeit war er beim betreffenden Haus angekommen und er suchte auf dem Klingelbrett nach dem Knopf von Lehner. Von weitem sah es aus, wie er ihn nicht finden würde und auf einen beliebigen Klingelknopf drückte, in der Hoffnung, jemand würde ihm dann die Eingangstüre öffnen. Der Reaktion an öffnete sich keine Tür. Im Erdgeschoss schaute, ausgelöst durch das Klingeln, eine Frau aus dem Fenster und sprach mit ihm. Nyffeler bedankte sich und kam zu dem Wagen zurück. „Was ist los," fragte Marco den Ankommenden. „Lehner ist nicht zu Hause. Die Frau meinte er sei vielleicht beim Einkaufen im nahegelegenen Zentrum oder aber in irgendeiner Kneipe. Sie wisse aber nicht in welcher." Schloss er mit den Ausführungen. „Und jetzt?" Fragte Erich. „Das Einkaufszentrum liegt nicht weit von hier weg. Zu Fuss vielleicht zehn Minuten, höchstens. Kneipen abklappern habe ich keine Ahnung welche oder aber wir lassen uns Zeit und warten ein paar Minuten. Vielleicht kommt er gleich daher." Die drei setzten sich ins Auto mit Blick Richtung Hauseingangstüre und warteten. Nach einer vollen Stunde einigten Sie sich, einen Rundgang durch den Supermarkt zu drehen und Lehner mit etwas Glück aufzustöbern. Marco wies seine Mitstreiter darauf hin, dass Sie kein Foto von ihm hätten und nicht wissen, wie er aussehe. Daher könnte es schwierig werden ihn zu erkennen. Er stieg aus, lief zügig auf das

Haus zu links daran vorbei und verschwand anschliessend auf der Rückseite des Wohnhauses. Nyffeler und Erich schauten sich verdutzt an, als Marco nach einer Weile durch die Eingangstüre das Gebäude verliess und auf Sie zu kam. Er öffnete die Wagentüre, setzte sich auf die Rückbank und erklärte den beiden immer noch befremdet dreinschauenden Mitstreitern, dass die Kellertüre auf der hinteren Seite des Hauses nicht verschlossen ist und er durch diese das Gebäude betreten habe. Er sei in die zweite Etage hochgestiegen und habe an der Türe von Lehner gelauscht. Es seien eindeutige Geräusche eines Radios oder Fernsehens an sein Ohr gedrungen. Da sei mit Bestimmtheit jemand in der Wohnung. „Also, auf ein Neues," sagte Nyffeler, stand auf und bewegte sich abermals auf die Eingangstüre los. Drückte dem Klingelknopf einmal, zweimal, keine Reaktion. Auch er verschwand auf der Rückseite des Gebäudes. Nach einigen Minuten, Marco war gedanklich schon dabei eine Inspektionstour anzugehen, öffnete sich in der zweiten Etage ein Fenster und der Direktor winkte ihnen zu. Die Gestik deutete an, dass die zwei ihren Hintern zu ihm schwingen sollen. Die beiden liefen nicht direkt auf den Eingang zu. Sie begaben sich ebenfalls auf die Rückseite der Liegenschaft, betraten das Gebäude über das Kellergeschoss und stiegen in die zweite Etage zu der Wohnung von Lehner hoch. Erich klopfte und die Türe wurde geöffnet. Es schlug ihnen ein Geruch entgegen, der davon zeugte, dass in den Räumen geraucht wurde. Ebenso roch es nach Alkohol, welcher von den Bierdosen und leeren Flaschen herrührte, die überall in der Wohnung herum verteilt lagen. Die Bleibe war düster und absolut spärlich möbliert. In der Ecke des einen Raumes stand ein Bett, dessen Laken schon längst gewaschen gehörte, Kleider stapelten sich an einem Haufen an einer Wand des Zimmers und es stank nach Müll. Von der kleinen Diele kamen Sie ins Wohnzimmer, welches keinen besseren Eindruck hinterliess. In der Mitte des Raumes stand ein Tisch mit einem übervollen Aschenbecher und diversen Trinkgläsern, in denen Reste von Wein lagen. Lehner selber sass auf einem Stuhl in der einen Hand eine Zigarette und in der anderen eine Flasche Bier. Links neben ihm auf einem kleinen Nebentisch ein aufgeklappter Laptop mit einer Startseite für ein Pokerportal. Lehner sah die Herren verwundert an und man merkte, dass er lange keinen Besuch mehr erhalten hatte, schon gar nicht von drei Personen gleichzeitig. „Also Herr Gottfried Lehner seines Zeichen Angestellter des Liegenschaften Amtes der Stadt und verantwortlich unter anderem für das Gebäude des Kinderheimes Zur Redlichkeit," eröffnete Nyffeler das Gespräch mit seinem Gegenüber. „Wie ich ihnen gesagt habe, sind wir alle, die sich hier befinden, in unserer Vergangenheit mit diesem Kinderheim verbunden gewesen. Ich als Direktor und meine beiden Begleiter als Insassen. Sie könne sich an mich erinnern?" Fragte er den vor sich hinstarrenden Lehner scharf. „Ja, ja," kam es zögerlich und

etwas stotternd aus dem Maul des Angesprochenen. „Was wollen Sie von
mir?" Murmelte er scheu und mit Angst er-
fülltem Blick in die Runde seiner Gäste. „Wie
läuft es mit dem Glücksspiel? Immer noch
auf der Suche nach dem grossen
Glück?" Nahm Marco mit ihm das Gespräch
auf und machte einige Schritte auf ihn zu.
„Wie man es nimmt, einmal gewinnt der Mit-
spieler und einmal ich." „Aber mehrheitlich
gewinnt doch der Andere, oder?" Unterbrach
ihn Marco. „Was soll diese Fragerei?" Erwiderte der Kerl in seiner verdreckten, ver-
schlissenen Jeans und in dem Unterhemd
dasitzend auf einem Stuhl, der schon bessere Tage gesehen hatte. „Wie hoch sind ihre
Spielschulden heute, Herr Lehner?" Setzte
Marco sein Geplänkel weiter fort. „Tausend,
zweitausend oder mehr? Wer bezahlt das
Ganze, die Wohnung, die Nebenkosten, die
das Leben so mit sich bringt?" „Ich erhalte
eine Rente und das reicht, manchmal und
manchmal eben nicht, dann beantrage ich
zusätzliche Unterstützung. Mach ich aber

nicht so gerne, ist immer eine riesen Schreiberei und unzählige Beamtengänge für einige wenige Franken[2]." Gab der angesprochene Gastgeber zum Besten. „Kann es sein, dass aus ihren Verbindungen zu dem Heimrat des Kinderheimes Ihnen vielleicht noch jemand Geld zusteckt?" Erwähnte Marco. Es wurde still im Raum. Lehner zündete sich eine Zigarette an und nahm einen tiefen Zug davon, bevor er antwortete. „Hören Sie, ich habe mit dem Heimrat nichts mehr zu tun gehabt seit dem Verkauf der Liegenschaft an die Stadt. Ich bin bei dem Verkauf soweit beteiligt gewesen, dass ich die Unterlagen, das Verkaufsdossier und die gängigsten Kennzahlen zusammengestellt habe. Dann war Ende der Fahnenstange für mich. Ich bekam meine Entschädigungen, die vereinbart waren und das war es." Erläuterte er leicht schwitzend. „Sie wollen nichts gewusst haben von den Nebengeschäften, die mit den Insassen des Heimes getätigt wurden?" Er schaute seine immer noch ste-

2 Gemeint sind Schweizer Franken CHF.

henden Besucher fragend und mit grossen Augen an. Er erweckte den Anschein von dieser Frage überrumpelt worden zu sein und wusste nicht, was sie mit dieser Aussage beabsichtigten „Ja," sagte Erich das Gespräch fortführend. „Uns liegen unzählige Dokumente und Akten vor, die beweisen, dass in dem Heim ein Kinderhandel stattgefunden hat, und zwar mit erklecklichen Erträgen. Sie haben davon anscheinend nichts gewusst oder verstehe ich Sie falsch?" Fragte Erich fordernd nach. „Kinderhandel, seid ihr bescheuert oder was! Macht das ihr aus meiner Wohnung kommt ihr hinterfotzigen Idioten oder ich rufe die Polizei," herrschte der Mann die Drei an. „Das mit der Polizei würde ich ihnen nicht raten. Wenn wir unsere Akten und Dokumente vorlegen, sieht es für sie vielleicht Zappen duster aus in Bezug auf Konsequenzen." Versuchte ihn Nyffeler zu beruhigen und still zu halten. Der Angesprochene überlegte eine Weile und ergab sich dann der Übermacht. „Ich habe noch zwei Fragen an Sie Herr Lehner. Haben Sie noch Kontakt zu den Mitgliedern des damals tätigen Heimrates? Und wie haben Sie ihre massiven Spielschulden in jener Zeit beglichen? Ich meine Sie waren verheiratet hatten eine Familie, die kostet und dann noch Spielschulden? Das geht irgendwie nicht auf," erläuterte Marco. Lehner schaute ihn fragend an und wartete auf eine Eingabe der Gedanken. „Und?" Forderte ihn Erich auf. „Kontakt habe ich zu keinem der Mitglieder mehr ausser zu Karl Streule dem Pfarrer er war mir behilflich mit verschiedenen administrativen Angelegenheiten als meine Frau starb. Wir waren auch des Öfteren bei ihm in der Kirche, denn meine Frau war ein gläubiger Mensch und er war als Seelsorger in unserer Kirche tätig. Von den anderen habe ich nie mehr was gehört oder gesehen." Erklärte er mit einer fast weinerlichen Stimme. „Zu ihrer zweiten Frage ich bekam von dem Vorsitzenden in einem Couvert bar auf die Hand ein paar Tausender mit dem beglich ich jeweils die Schulden. Damit konnte ich lange meine Spielsucht vor der Familie verstecken und vertuschen." „Sie haben ihn nie gefragt woher das Geld stammte?" Hackte Marco nach. „Doch ich habe ihn einmal danach gefragt er hatte dann etwas gestammelt von Überschüssen und bestens gewirtschaftet. Aber ich habe dann nicht mehr weiter nachgefragt. Es wurden ja auch keine Belege gegenseitig unterzeichnet oder ähnliches. Konnte ich ihre Fragen zur Genüge beantworten?" Schaute der in seinem Stuhl zusammen gesunkene Mensch Marco an. „Eine letzte Frage hätte ich noch," schaltete sich Nyffeler ein, ohne dem Fragenden eine Antwort zu geben. „Ich mag mich erinnern, dass unsere Besprechungen, an denen ich anwesend war, jeweils in zwei Teilen abgehalten haben. im ersten Teil war ich jeweils anwesend und wurde Protokoll geführt. Was wurde im dem zweiten Teil jeweils noch besprochen und wurde dieser Teil protokolliert, haben sie diese Aufzeichnungen noch?" Lehner überlegte und sagte dann, „ ja ich mag mich noch vage daran erinnern sie waren jeweils dabei und haben die Sitzung eigentlich bestritten. In dem zweiten Teil meist nach dem Mittagessen wurden, wenn überhaupt Angelegenheiten besprochen die die Führung, also sie persönlich betrafen oder es wurden meist das gesellschaftliche heute würde man sagen das Netzwerk gepflegt und Internas ausgetauscht. Dabei kam ich mir jeweils etwas fremd und deplatziert vor. Ich war ja nur Angestellter bei dem Liegenschaften Amt und hatte keine politischen Ambitionen oder war in einer leitenden Funktion, in der mir diese Gespräch etwas genutzt hätten." Gab er dem Direktor zur Antwort. „Und was ist mit Unterlagen," fragte Erich nach. „Habe ich doch keine, ich konnte ja nichts nach Haus nehmen bei meinem Abgang." Sagte er mit einer etwas aufgebrachten Stimme. „Wieso bei dem Abgang? was meinen sie damit," erwiderte Erich zu ihm, „Nun ich war wieder einmal knapp bei Kasse, sogar verdammt knapp und da habe ich in der Not in einigen Liegenschaften die Münzautomaten der Waschmaschine und die Elektrozähler geknackt. Kam eine ganz schöne Summe zusammen. Da hat mich so ein Arschloch von Hauswart gesehen und verpfiffen dieser Idiot!" Enervierte sich Lehner. „Da bekam ich einen fristlosen und musste meinen Schreibtisch innerhalb weniger Stunden räumen. Das war es dann mit dem Berufsleben." Gab der Befragte von sich. „Spielen sie immer noch?" Fragte ihn Marco. „Nein, ich kann ja gar nicht, sie stehen einem anerkannten Spielsüchtigen gegenüber. In allen Casinos ist mein Gesicht bekannt und somit gesperrt. Ich komme schon gar nicht in die Lokalitäten und Spielhöllen rein. Spielautomaten gibt es nicht mehr bei uns in der Gegend und beim Internet Pokern bin ich in den meisten Portalen ebenfalls kein Unbekannter und aussen vor. Kartenspielen in der Kneipe war noch nie mein Ding und ich bin froh, dass mich diese Spiele nicht gereizt hatten. Es war für meinen Ehrgeiz zu wenig Geld zu gewinnen. So nun wäre es mir recht, wenn Sie mich alleine lassen würden, denn ich möchte mich hinlegen. Die drei verabschiedeten sich ohne Handschlag und es waren alle froh, diese Wohnung, die mehr einer Absteige glich, verlassen zu können. „Wenn ihnen noch etwas einfällt, dann rufen sie mich unter dieser Nummer an," erwähnte Nyffeler und legte einen Zettel auf den dreckigen Tisch. Als Sie die Eingangstür hinter sich schlossen, sah Erich wie sich im ersten Geschoss die Vorhänge bewegten und sich dahinter das Gesicht der Frau verbarg, die Nyffeler abfing, und anfangs falsch informierte. Das Trio lief in Richtung ihres auf der gegenüberliegen Strassenseite parkierten Autos und stiegen wortlos ein. Marco drehte den Zündschlüssel und startete den Motor. Er bog auf die Strasse ein, als es leicht zu schneien begann. Im Wagen roch es nach Lehners Wohnung und doch hatte Erich Hunger. Er schlug vor irgendwo unterwegs in einem Restaurant etwas zu Essen. Die beiden nickten zustimmend und Nyffeler dirigierte den Fahrer in ein gutes Lokal, das sich in der Umgebung eines Wildparks befand. Sie hatten Glück und ergatterten an einer langen Fensterfront drei Plätze mit Sicht auf den nahe liegenden Bodensee. Sie genossen ein vorzügliches Mahl und unterhielten sich. Nyffeler wollte sich über den absolvierten Besuch unterhalten, Marco bat ihn dies auf den Abend, in der Bar zu verschieben. Erich erschien die Bitte eigenartig, aber er dachte sich nichts dabei und willigte mit einem Kopfnicken ein.

Gegen Mitte des Nachmittages trafen die drei im Hotel ein. Erich und Marco zog es in die Saunalandschaft und Nyffeler legte sich noch ein bisschen hin und gab vor, einige Anrufe zu tätigen. Als die zwei von ihrem Saunabesuch zurück auf ihren Zimmern waren, rief Erich nach Hause an und meldete sich von seiner Mission. Zuhause lief es bestens. Die beiden Mädels waren am Nachmittag zu einem Karnevalsball bei Freunden eingeladen und über das kommende Wochenende war eine Pferdeschlittenfahrt geplant mit Grossvater Lasse. Mit zunehmender Dauer des Gespräches mit seiner Frau merkte er, wie sehr er seine

Familie vermisste. Er wäre gerne zu Hause, aber seine Abwesenheit war ja nicht für immer und schon bald konnte er wieder bei seinen Liebsten sein. Nachdem das Telefonat mit Jorit beendet war, begab er sich in die Bar und traf seine beiden Mitstreiter bei einem Glas Wein in der Sitzgruppe.

Marco setzte sich zu dem Duo und wartete, bis er ebenfalls ein Glas Wein bekam. Kaum war die Kellnerin ausser Hörweite, begann Nyffeler die beiden mit neuesten Informationen zu füttern. Die für die Digitalisierung verantwortliche Firma ist nirgends aufzufinden. Scheint wie vom Erdboden verschluckt. War die erste Neuigkeit, die der Direktor den zwei Herren zukommen liess. „Nun würde es mich interessieren was ihr beide über den heutigen Besuch denkt?" „Nun gut," startete Erich, „für mich war es, abgesehen von der Lebenssituation, ein Abklatsch des gestrigen Besuches beim Arzt. Dieselbe Überraschung bei beiden bezüglich der Auseinandersetzung mit den Verkäufen der Kinder." „Ich denke," unterbrach ihn Marco, „es sieht so aus, als die Geschäfte von zwei, maximal drei der Mitglieder des Heimrates durchgeführt und zu verantworten sind." „Es geht mir auch so, meine Überlegungen gehen in die gleiche Richtung. Ich glaube, da wurde hinter den Fassaden ein Geschäft aufgezogen von dem nur wenige wussten." Bekräftige Nyffeler die Aussage von Marco. Die drei tranken ihren Wein wortlos zu Ende und verschoben sich dann zum Abendessen. Nach dem Essen besprachen sie den morgigen Tag. Sie zogen in Betracht, dem Herrn Martin Wegener von der damaligen Vormundschaftsbehörde einen Besuch abzustatten. „Wie gehe wir vor, wenn dieser auch nichts von der ganzen Sache weiss?" Fragte Erich in die Runde. „Dann gibt es zwei Möglichkeiten. Erstens wir machen weiter wie geplant und abgesprochen oder wir warten ab was die weiteren Recherchen von den Insassen Akten ergeben. Ich bevorzuge die erstere der genannten Varianten." Gab Marco zur Antwort. Nyffeler pflichtete ihm bei und erwähnten, „ich hoffe nur die halten alle dicht untereinander."

Das morgendliche Schema wiederholte sich. Die drei nahmen gemeinsam das Frühstück ein und begaben sich dann auf den Weg zu einem Ihrer Klienten. Als das Fahrzeug auf die Strasse einbog, um die Hotelanlage zu verlassen, schien die Wintersonne vom strahlend blauen Himmel. Es blendete und Erich kramte in seiner Tasche nach der Sonnenbrille. Ihr Ziel war keine fünf Minuten von ihrem Aufenthaltsort entfernt. Der Weg führte in das Dorf, an dessen Rande ihr Hotel stand. Die Strasse schlang sich relativ steil eine Hügelflanke hinauf an dem sich unzählige Häuser und Häuschen befanden. Im Gegensatz zu den vergangenen Besuchen waren sie zu diesem Interview angemeldet als Interessenten für eine Immobilie die Wegener zusammen mit seiner Frau betrieb. Mehr Zeitvertreib denn ein echtes Engagement so schien es. Sie parkten ihr Auto vor einem grossen schmiedeeisernen Tor, welches sich automatisch öffnete, nachdem sie an dem goldenen Klingelbrett gedrückt hatten. Hinter dem Tor verbarg sich eine kleine Auffahrt zum Haus. Es war im Stil der 70 Jahre gebaut, schien aber top im Schuss zu sein. Links neben dem Gebäude war ein Zubau, der neueren Datums war angefügt, zu dem ein Wegweiser zeigte mit der Aufschrift Wegener Immobilien. Die drei folgten diesem Hinweis, welcher sie auf einem Kiesweg an unzähligen Büschen vorbei zu dem Anbau führte. Die Türe öffnete sich und ein älterer sehr gut gekleideter Herr begrüsste sie mit einem „Grüezi Mitenand" wie es in der Schweiz so üblich ist. Er bat sie einzutreten, gab dabei jedem die Hand, während dem sie die Türe passierten. Er führte sie in einen Besprechungsraum, indem bequem eine Reihe von Personen Platz fanden. Der Raum war hell mit weissen Wänden, an denen diverse Fotos und Pläne teilweise gerahmt hingen. Auf einem Sideboard standen Getränke und eine Kaffeemaschine. Der Tür gegenüber war eine raumhohe Verglasung als Abschluss des

Raumes. Dieser ermöglichte einen grossartigen Blick auf die nahegelegenen Berge. Die Sonnenstrahlen ergossen sich in das Zimmer und heizten es merklich auf. Herr Wegener liess die Jalousien runter und stellte sie so, dass die Räumlichkeit von aussen angenehm beschienen wurde. Die drei nahmen an einem breiten Holztisch mit eleganten Stühlen aus ledernen Sitzflächen Platz. Deren einige um den Tisch herum angeordnet waren. Als sich die vier gesetzt hatten und jeder einen Kaffee vor sich hatte, fragte der Gastgeber höflicherweise, „Wie kann ich ihnen helfen?" Nyffeler ergriff das Wort und antwortete, ebenfalls in höflicher fast übertriebener Art wie lange er dieses Immobilienunternehmen schon betreibe. „Das Büro gehört eigentlich meiner Frau. Sie ist von Berufs wegen Maklerin und hatte das Unternehmen von ihrem Vater übernommen und weitergeführt. Mehr als Hobby den als Haupttätigkeit. Heute bessern wir damit unsere Rente auf." Erläuterte Wegener mit einem Lächeln auf seinen Backenzähnen und verzog sein Gesicht zu einem kalten Grinsen. „Aber sagen Sie Herr," und deutete in Richtung Nyffeler „kennen wir uns vorn irgendwo her? Sie kommen mir sehr bekannt vor," fragte er ihm zugewandt. „Ja wir kennen uns. Das ist auch der Grund, weshalb wir hier sind!" Sagte er mit einem Lächeln auf seinen Lippen. „Ich war ehemals Direktor des Kinderheimes Zur Redlichkeit und diese beiden Herren Sohm und Seiler waren dazumal Insassen in dieser Institution. Wie uns bekannt ist, waren sie Mitglied des Heimrates, oder?" „Was wollen Sie von mir?" Kam es wie aus der Pistole geschossen von Wegener. „Wir sind auf der Suche nach den Personen, die aus gewissen ominösen Geschäften, die in dieser Institution abliefen, Profit gezogen haben." Er erläuterte dem erstaunt dasitzenden Immobilienverkäufer kurz die Ausgangslage. Mit den vorhandenen Dokumenten und Akten sowie dem Ziel, das die drei verfolgten. Die Beteiligten mit diesem scheusslichen Vorgehen zu konfrontieren und entsprechend zu handeln. Der

Immobilienhändler atmete tief durch und erhob sich von seinem Stuhl. Er forderte die Runde auf, das Haus zu verlassen, oder er rufe die Polizei. Marco schaute ihn an und sagte, „nicht nötig Herr Wegener die Polizei sitzt bereits hier in Form meiner Person," bluffte er. Wobei er nicht gelogen hatte. Er war Angehöriger des schwedischen Polizeikorps. Als ihm klar wurde, dass seine drei Gäste es ernst meinten, setzte er sich wieder hin. Auf seiner Stirn bildeten sich kleine Schweissperlen und er bekam einen fahlen und käsigen Gesichtsausdruck. „Was wollen Sie von mir," fragte er leise. „Können sie uns vielleicht erklären, was Ihre Funktion als Heimrat war." „Ich war bei der Vormundschaftsbehörde der Stadt angestellt und wurde aus diesem Grund in den Heimrat berufen. Ich hatte mehrheitlich die Schnittstelle zwischen Amt und Heim zu betreuen. Aber das war keine grosse Sache. Es ging darum allfällige Fragen um Beistände oder Vormundschaften zu klären, wobei die meisten der Kinder eh von Amtes wegen bevor-

mundet waren. Dann ging es um die Überwachung der Beiträge an das Kinderheim
und deren Verwendung." Erläuterte er mit
heiserer fast unhörbarer Stimme. Er spielte
unaufhörlich mit seinem Bleistift, den er in
seiner rechten Hand balancierte. „Haben Sie
noch Kontakt zu den anderen Mitgliedern
des Heimrates?" Fragte Erich. „Nein, ich war
nach meinem Ausscheiden also meiner
Pensionierung für ein Jahr auf Weltreise zusammen mit meiner Frau. Dadurch verlor ich
schnell viele Kontakte. Erst als ich zurück
war haben sich der Karl Streule und der
Sutz einmal bei mir gemeldet als sie Interesse an einem Objekt bekundeten. Aber sonst
hatte ich keinen Kontakt mehr mit Ihnen.
Wieso auch? Für mich war das ein Bestand-
teil meines Jobs als Leiter der Behörde und
das war es." Gab Wegener zur Antwort.
„Hatten sie irgendwelche ausserordentlichen
Zahlungen während ihrer Tätigkeit erhalten?" Fragte Nyffeler nach. Der Angesprochene atmete tief ein und erwähnte die Bar-
zahlungen, die ihm angeboten wurden. Wie

es seine Vorgänger schon angedeutet hatte. „Hat man ihnen erklärt, für was dieses Geld war und woher es stammte? Es waren ja wahrscheinlich keine kleinen Summen." Fragte Marco unwissend. „Nein," sagte der Wegener. „Ich habe das Geld genommen und jeweils in den Tresor zu meinen Bargeld Reserven gelegt." „Und sie haben nie nachgefragt? Kein einziges Mal?" Fragte er fordernd nach. Er schüttelte nur den Kopf und Marco trieb es beinahe Tränen in die Augen ob dieser Aussage. „Wir gehen davon aus," Herr Wegener, „dass zu gewissen Zeiten an dem Heim ein Kinderhandel stattgefunden hat. Es wurden Kinder verkauft." Der Angesprochene machte grosse Augen und sperrte den Mund auf, als ob er den letzten Atemzug zu sich nahm. „Ich war das nicht, damit habe ich nichts zu tun das waren die Anderen!" Kam es schreiend aus dem Hausherrn heraus. Er sackte in dem Stuhl zusammen und schüttelte ungläubig den Kopf. „So ganz stimmt das aber nicht was sie da sagen." Herr Wegener sagte Nyffeler sich zu ihm vorgebeugt. „Mit der Annahme des Geldes waren sie ob wissentlich oder nicht mit der Sache verstrickt und dann noch alles ohne eine Frage nach der Herkunft des Geldes zu stellen, ich weiss nicht." Schloss er seine Bemerkung. „Hören Sie," sagte Wegener „ja, ich habe mein Leben lang das Recht zu meinen Gunsten ausgelegt, Schwarzgeld und anderes. Aber ich würde mich nie in solche Geschäfte einlassen," versuchte er mit weinerlich, bittender Stimme die Anwesenden zu überzeugen. „Das Einzige was mir auffiel waren die Umstände, dass das Heim sich immer Top zu präsentieren wusste, und dass die Anzahl der Kinder eher recht hoch war für eine solche Institution. Aber für den Zustand der Liegenschaft war nicht ich zuständig, das konnte mit also egal sein und über die Belegungszahl dessen war man sich im Heimrat bewusst, aber wohin wollte man den sonst mit diesen Geschöpfen," verteidigte sich Wegener. „Für uns war dieses Heim eine eher buchhalterische Geschichte, wie ich ihnen vorhin schon zu erklären versuchte." „Buchhalterische Geschichte," murmelte Marco ungläubig und zynisch vor sich hin. „Wie geht es Ihnen heute," fragte Nyffeler, um dem Gespräch die Brisanz zu nehmen. „Ich lebe alleine hier oben. Meine Frau lebt auf Spanien. Wir leben getrennt betreiben einfach das Geschäft noch miteinander. Aber ich möchte damit eigentlich aufhören und mich ebenfalls in den Süden absetzen. Portugal ist im Moment mein Favorit." Beantwortete er die Frage mit starrem Blick nach draussen. In Erich kam in diesem Moment ein komisches Gefühl hoch. Sein Gegenüber wirkte in sich verzweifelt, leer und alleine. Er hatte den Eindruck, dass der Angesprochene einen Entschluss fasste oder daran war einen solchen zu fassen, der Unheil versprach. Er versuchte, dieses Gefühl zu unterdrücken, aber er vermochte nicht zu wissen wie und fragte deshalb, den ihm schräg gegenübersitzenden Wegener, ob er Kinder habe. Dieser verneinte mit einem Kopfschütteln. Die Runde löste sich nach einigen weiteren unspektakulären Fragen auf und verliess das Haus jedoch erst, als ihnen der Hausherr versichert hatte, dass er keinen Kontakt mit den anderen aufnehmen werde. Für den Fall, dass ihm noch etwas in den Sinn komme, hinterliess Nyffeler seine Telefonnummer auf einem Zettel und legte Sie ihm auf den Tisch. Die Delegation bestieg den Wagen, den sie draussen vor dem Tor stehen gelassen hatten, und fuhren die Strasse bergab zu ihrem Hotel. Die beiden Freunde Erich und Marco beschlossen am Nachmittag der Stadt einen Besuch abzustatten. Nyffeler blieb im Zimmer. Sie verabredeten sich auf den obligaten Apero an der Hotelbar.

Erich telefonierte kurz mit seiner Familie, während er in seinem Zimmer war und legte sich anschliessend auf das Bett, und fiel in ein kleines Nickerchen. Ihm kam sein komisches Gefühl in den Sinn, dass er beim Interview von Wegener hatte wieder hoch. Er liess den Besuch noch einmal Revue passieren und es erschien ihm, dass die

Sache zu glatt ablief. Es kam ihm vor wie die Inszenierung eines Schauspielstücks an einem Theater. Es passte alles. Für seinen Geschmack zu Gut. Er kam nicht weiter mit studieren, da ihn die Müdigkeit übermannte und er einschlief. Nach einiger Zeit wurde er durch das Natel geweckt. Nyffeler war dran und bat ihn, so schnell wie nur möglich in der Hotellobby zu erscheinen, es sei dringend. Als Erich in der Lobby auftauchte, war Marco mit Nyffeler und zwei weiteren Herren bereits dort. Die Gruppe unterhielt sich. Er begrüsste die versammelten Personen und Marco erklärte ihm, dass die beiden Anwesenden von der Polizei sind. Wegener sei von seiner Putzfrau vor wenigen Stunde erschossen aufgefunden worden. Die Beamten hätten den Zettel mit der Telefonnummer gefunden und Nyffeler angerufen. Die zwei Polizisten stellten einige Fragen zu dem Besuch bei dem Toten. Sie wirkten nicht sehr interessiert an der Sache und in Erich kam so das Gefühl auf, dass dieser Vorfall für die zwei Fragenden eher eine Routineangelegenheit war. Marco übernahm den Part des Interviewten und antwortete auf die Fragen. Er erläuterte den beiden, dass sie Herrn Wegener aus früherer Zeit kannten und ihn im Zuge ihres Aufenthaltes in der Schweiz einen Besuch abgestattet hätten. Den Grund dieses wollten die Polizisten gar nicht wissen und fragten auch nicht explizit danach. Marco gab bereitwillig Auskunft über die gestellten Fragen nicht mehr und nicht weniger. Seine Antworten kamen sicher und präzise daher. Nach einigen weiteren belanglosen Punkten verabschiedeten sich die beiden und drückten Marco ihre Karten in die Hand. Das Trio schaute ihnen zu, wie sie die Lobby verliessen, draussen in das abgestellte Auto einstiegen und davonfuhren. Die drei setzten sich an die Bar, jeder bestellte sich ein Glas Wein und schwiegen vor sich her, bis alle einen Schluck getrunken hatten. „Komische Sache," sagte Nyffeler vor sich hinstarrend. Die beiden Freunde sahen ihn fragen an. „Ja ich meine nur, wenn keiner der Drei bis anhin besuchten Personen etwas von der Sache gewusst haben, Warum soll sich dann einer erschiessen? Oder hatte der Wegener doch mehr gewusst als er uns sagte? War vielleicht auch etwas anderes der Auslöser für seinen Suizid?" Fragte er die beiden und schaute sie mit offenen und erstaunt wirkenden Augen an. „Ich glaube nicht, dass wir mit unserem Besuch diese Tat ausgelöst haben. Wir haben ihn weder erpresst noch haben wir ihm in irgendeiner Form gedroht," gab Marco zur Antwort. Erich schloss sich dieser Meinung von seinem Freund an und bestätigte den beiden, dass er während des Gespräches ein ungutes Gefühl in der Magengrube hatte. Er wisse nun warum, schlussfolgerte er. Im weiteren Verlauf des Abends war der Tod von Wegener kein Thema mehr. Nyffeler wirkte etwas nachdenklicher als sonst, Sie verabschiedeten sich voneinander und begaben sich auf ihre Zimmer. Der Direktor erlaubte sich den Hinweis an die Zwei genug zu schlafen, da morgen möglicherweise ein strenger Tag folge.

Sie trafen sich wie inzwischen gewohnt zum Frühstück und assen wortlos ihre Brötchen und tranken ihren Kaffee. Nyffeler hatte sich eine der bereitliegenden lokalen Tageszeitungen geschnappt und sucht nach Hinweisen zum Tod von Wegener. Er fand in einer Spalte im Lokalteil, einen kleinen Text, der auf einen Mann hinwies, der Selbstmord begangen hatte. Jedoch ohne Namen und Ort, an dem der Tote aufgefunden wurde. Somit nahmen die Truppe an, dass die ausstehenden beiden Besuche davon nicht gewarnt waren.

Die drei verliessen das Hotel und fuhren mit dem Wagen in die Stadt. Auf der Höhe des Bahnhofes schwenkten sie in eine steil ansteigende Strasse ein, die sie auf eine der beiden Hügelflanken brachte. Diese zwei Flanken nördlich und südlich der Stadt gelegen bildeten das Tal, in dem der Ort lag. Nach einigem Suchen parkierten Sie ihr Fahrzeug vor einem Herrschaftshaus, das vermuten liess, dass der Erbauer vermögend war und der jetzige Bewohner es auch sein musste. Die Villa besass eine aus sichtbaren mit roten Ziegeln gemauerter Fassade. An den Hausecken waren auf der gesamten Höhe des Gebäudes Steinblöcke eingelassen, die dem Haus einen massiven Charakter verleiht. Auf dem Niveau jedes Stockwerkes durchzog ein Band aus demselben Material die Fassade horizontal. Die Einfassungen der Fenster und Türen waren ebenso mit Stein ausgebildet. Ein mannshoher Eisenzaun umgab das Gebäude und den dazugehörigen Umschwung. Der Vorplatz war mit Pflastersteinen, indem Ornamente eingelassen waren. Seitlich um das Haus herum waren saubere gepflegte Kieswege angelegt und man nahm mit ungeübtem Auge wahr, dass viel Zeit und Liebe in diese Umgebung eingeflossen sind. Die drei waren durch das offenstehende Tor auf das Areal eingetreten und standen vor dem Gebäude, das von der Wintersonne in ein eigenartiges Licht getaucht wurde.

„Suchen Sie jemandem?" Wurden die drei von einer Dame gefragt, die aus dem

Garten her auf Sie zu kam. „Ja. wir möchten gerne zu Herrn Sutz wir sind Arbeitskollegen von ihm auf der Durchreise und dachten wir statten ihm einen Besuch ab," gab Nyffeler der Dame zur Antwort. Erich beherrschte sich, damit ihm nicht die Röte ins Gesicht schoss, ob der heuchlerischen und schleimigen Art wie der Sprechende sein Anliegen vortrug. „Kein Problem," sagte die Frau. „Gehen Sie ins Haus er sitzt um diese Zeit meist im Wintergarten und liest Zeitung," und deutet mit der behandschuhten Hand auf eine grosse schwere Eingangstüre hin. „Herzlichen Dank," gab Nyffeler zur Antwort und die drei Schritten auf die Türe zu. So wie das Haus aussen aussah so edel und pompös wirkte es von innen. Eine breite Treppe brachte Sie mit wenigen Stufen vom Eingangsniveau auf die Ebene des Erdgeschosses. Von dort führten links und rechts ein Korridor weg dessen Wände in dunklem Holz gehalten waren. Die Türen waren in Nischen versteckt und der Boden war im ebenso gleichen Design ausstaffiert wie die

Wände. Einzig die Ecken waren weiss und an diversen Stellen prangten kleine Kristalllüster von der Decke und spendeten ein gedämpftes Licht. Eine nicht minder breite Holztreppe führte in die oberen Geschosse. Von dem Standort der drei Herren erkannte man auf dem ersten Podest, dass ein grosses Fenster, das im Tiffany Stil ausgebildet war, einen Tiger darstellte, der sich durch den Dschungel schlich. Marco pfiff leise durch die Zähne, über die Ausstattung des Hauses. Nyffeler stapfte zielstrebig rechts weg, öffnete die erste Türe zu seiner linken und trat ein. Die Freunde folgten ihm in den dahinterliegenden Raum und betraten diesen ebenfalls. Sie fanden sich in einem Wohnzimmer wieder, das in seinen Ausmassen eher an einen Ballsaal erinnerte. Davor gelagert der Wintergarten, darin standen in grosser Anzahl Tische und Stühle. An einem sass ein Mann, in einem Rollstuhl mit einer Wolldecke über den Beinen. Vor sich die Zeitung liegend und daneben eine Schnabeltasse.

Die drei bewegten sich auf ihn zu, als er sie bemerkte, drehte der Mann seinen Kopf in Richtung des Trios und begrüsste Sie in dem er sich mit seinem fahrbaren Untersatz vom Tisch löste und auf sie zurollte. „Wie kann ich helfen?" Fragte der Mann freundlich und mit einem Lächeln auf dem Gesicht. „Sind sie Herr Sutz. Hans Jakob Sutz, ist das richtig?" Schaute ihn Nyffeler an. „Ja der bin ich so wahr ich hier sitze." Lächelte er und deutete auf sein Gefährt hin. Die Dame draussen hat uns gesagt, wo wir Sie finden," erläuterte Marco. „Ja das war meine Frau. Sie ist sicher im Garten und sieht täglich nach dem rechten, obwohl es Winter ist." Gab er dem Besuch erheitert zur Antwort. „Schönes Anwesen hier," erlaubte sich Erich eine Bemerkung in Richtung Sutz und schaute sich dabei im Wintergarten um. „Ja, es gehört meiner Frau. Ihr Urgrossvater war ein Stickerei Unternehmer und zu jener Zeit konnte man sich noch solche Häuser leisten. Heute undenkbar," gab der Hausherr zur zurück. „Aber sie wollen ganz bestimmt nicht mit mir über Häuser sprechen," hackte er nach und sah die Drei fragend an. „Sie kommen mir irgendwie bekannt vor," und deutete mit seiner Linken auf Nyffeler. Erich war zusammen mit Marco erstaunt, was der Mann unter der Decke vorzeigte. Es war ein Stumpf ohne Hand und Finger. Ein Stumpen, der eher einem ausgedörrten Stück Holz glich, überzogen mit ledrig, lebloser Haut. „Ja, wir hatten miteinander im Kinderheim Zur Redlichkeit zu tun, Ich war Direktor und Sie sassen im Heimrat. Das sind zwei Ehemalige, die ebenfalls in diesem Heim gross geworden sind." Erläuterte Nyffeler und zeigte auf Erich und Marco. „Nehmen Sie doch bitte Platz," konterte Sutz und deutete auf die Stühle, die am Tisch standen. Die drei setzten sich, während der Gastgeber mit dem Rollstuhl, begleitet von einem leisen Surren im Haus verschwand. Der Wintergarten war von der Sonne beschienen, so dass es blendete. Es entwickelte sich eine angenehme Wärme drinnen. Die Strahlen der Wintersonne wärmten ihn auf. Der verglaste Vorbau dehnte sich über die gesamte Hauslänge hinweg und war sicher fünf Meter breit. Darin eine Hochzeitsgesellschaft unter zu bringen war problemlos möglich, so gross war das Teil. Sutz kam mit seinem Rollstuhl angefahren und ihm nach folge eine Dame mit einem Tablett voll duftendem Kaffee und Tee. Sie schenkte jedem eine Tasse ein, während dessen der Gastgeber versuchte unbemerkt eine Handvoll Tabletten in sich einzuwerfen. Er spülte die Medikamente mit einem Glas Wasser runter und forderte die Drei, auf ihm ihr Anliegen zu platzieren. „Also Herr Sutz," eröffnete Nyffeler wie gewohnt. „Wir sind dabei die Geschichte des Hauses Zur Redlichkeit aufzuarbeiten und sind dabei auf, na sagen wir es mal so, gewisse Ungereimtheiten gestossen, die wir uns eigentlich erklären lassen wollten." Dabei schaute er mit seinem bekannten scharfen Blick in Richtung Sutz und forderte ihn auf, ihm eine Antwort zu geben. Nyffeler wartete nicht ab, sondern fuhr gleich weiter. „Könnte es sein, dass in einer gewissen Zeit hinter der Fassade des Heimes ein schwunghafter Handel mit Kindern betrieben wurde?" Ging er in die Vollen und schaute ihn dabei herausfordernd an. Sutz drehte den Kopf und schaute aus dem Wintergarten hinaus auf die Dächer der Stadt, die im Sonnenlicht ihre ziegelrote Farbe zur Geltung brachten. „Woher wollen sie von so etwas wissen?" Fragte er, immer noch geradeaus schauend. „Uns liegen Dokumente vor, die darauf hinweisen und es teilweise bestätigen, dass solche Vorfälle geschehen sind." Antwortete Nyffeler. Sutz schmunzelte und sagte „Ach ja, und wo sind diese Unterlagen, wenn ich fragen darf?" „Beantworten Sie zuerst meine Frage, bevor ich ihre beantworte," bot er ihm die Stirn. „Das sind unerhörte Vorwürfe, ich bin ein unbescholtener Mann, der seinen Lebensabend noch einigermassen geniessen will und sie stürmen in mein Haus und werfen mir solche Vorwürfe an den Hals." Schrie der Hausherr mit rotem Gesicht und angeschwollener Halsschlagader den Fragenden an. Unberührt ab diesem Ausraster fragte Nyffeler weiter. „Können Sie uns dazu etwas sagen? Ja oder Nein?" „Nein!" Sagte er deutlich erregt. „Wie kann es dann sein, dass verschiedene Mitglieder des Rates von Ihnen Schmiergeld Zahlungen in der Höhe von einigen tausend Franken über Jahre hinweg erhielten?" Fragte Marco nach. Sutz sah die Drei an. Er versuchte, etwas zu erwidern, und holte Luft. Er kam nicht dazu, angemessen zu antworten. „Sag es Ihnen," ertönte eine bestimmte, aber freundliche Stimme aus dem Hintergrund. Die Gesprächsrunde drehte den Kopf in die Richtung, aus der die Worte kamen. Im Wintergarten stand die Frau, aus dem Garten die, das Trio begrüsst hatte. Sie trug eine Jeans mit einem weissen Strickpullover, der ihre Gesichtszüge weich und hell erscheinen liess. Ihre grauen Haare waren sauber zu einem Zopf gebunden und wurden im Nacken von einer schwarzen Schleife gehalten. Ihre Füsse steckten in modernen Sneakers. „Was soll ich?" Sah Sutzs seine Frau fragend an: „Sag ihnen was mit diesen armen Geschöpfen geschah, die du und deine Komplizen an den meist Bietenden verkauft haben. Gib auf Hans Jakob, gestehe endlich. Du hast nicht mehr alle Zeit der Welt und deine Taten kannst du nicht ungeschehen machen aber vielleicht deine Seele von dieser last erleichtern, die du nun schon seit zig Jahren mit dir herumträgst." Sagte die Frau in gleichmässig ruhigem Ton mit einer bittenden, fast weinerlichen Stimme. Sie stand da im Sonnenlicht die Arme vor sich verschränkt mit ihrem Blick den Mann fixierend. Nach einiger Zeit drehte Sie sich um und verliess den Wintergarten durch die Türe eines Nebenzimmers, die ins Haus führte. Alle Augen richteten sich auf Sutz in Erwartung einer Antwort. Er hielt seine Hände unter der Decke, die seine Beine wärmten. Marco schaute den Mann an, der zusammen gesackt im Rollstuhl sass und sagte mit sanfter Stimme zu ihm. „Geben Sie mir die Pistole, die sie da drunter versteckt haben." Und zeigte mit der Hand in die Richtung seiner Beine. Ruckartig drehte Sutz den Kopf zu ihm hinüber und starrte ihn an. Nicht minder überrascht sahen die beiden Begleiter ihn an. Der Mann setzte zum Weinen an, hob mit seiner Rechten die Decke und gab die darunter liegende Pistole frei. Marco ergriff mit einem Taschentuch die Waffe, hob sie hoch und deponierte sie auf einem Nebentisch ausser Reichweite von Sutz. Der Mann weinte still vor sich hin, er reichte ihm ein Papiertaschentuch, das er aus einer bereitliegenden Spenderbox zog. Erich dachte daran zurück bei den Tränen von Sutz, wie manche über seine Wangen geflossen sind und die der anderen Kinder, die im Heim waren. Bei diesem Gedanken fröstelte es ihn zusehends und er war froh darüber, als er sich schnäuzte und zu reden anfing. „Ja es stimmt. Wir haben oder besser ich habe des Öfteren Anfragen erhalten von Ehepaaren die kinderlos waren und deren Adoption abgelehnt wurde oder die Voraussetzungen für eine Adoption nicht erfüllten. Ob es keine andere Möglichkeit gab zu einem Kind zu gelangen. Meiner Frau und mir erging es ja ähnlich. Ich konnte keine Kinder zeugen und so blieben wir kinderlos." „Wie kamen sie an die Informationen bezüglich der Adoptionen?" Wollte Erich wissen. „Nun ja ich war angestellt als Jurist im Generalsekretariat des damalig zuständigen Amtes und die meisten der Angelegenheiten gingen bei mir über den Tisch. Da war es nicht schwierig die eine oder andere Abschrift in meiner Tasche verschwinden zu lassen." Beantwortete Sutz inzwischen besonnen und einigermassen entspannt. Er erläuterte den Herren am Tisch, wie er an die kinderwilligen Eltern herantrat und wie das Ganze abgewickelt wurde. In der Zwischenzeit hat sich die Frau von ihm zu der Runde gesellt. Sie hatte unbemerkt einen Stuhl genommen und sich neben ihren Mann gesetzt. Ihr Gesichtsausdruck zeigte eine Mischung von Abscheu, aber auch Erleichterung auf über die Aussagen ihres Gatten. Ihr Anwesenheit manifestierte eher, dass sie froh war, dass dieses dunkle Kapitel endlich aufgeschlagen wurde. „Wer wusste von dem Kinderhandel alles, wer war beteiligt?" Fragte Nyffeler. „Das waren nur ich und der Chef Finanzen Albert Rinderknecht." „Der vor zwei Jahren gestorben ist," vervollständigte er die Ausführungen des Sprechenden. „Was geschah mit dem Geld? und von wie vielen Verkäufen spricht man?" Fragte Marco an die Adresse von Sutz gerichtet. „Es waren pro Verkauf jeweils so zwischen 20' – 30'000 tausend Schweizer Franken. In bar auf die Hand am Abend der Übergabe. Die Anzahl kann ich nicht beziffern, aber es dürften zehn bis zwanzig Kinder im Jahr gewesen sein." Erich wurde es übel. Er verabschiedete sich auf die Toilette und kotzte sich in die Kloschüssel aus. Ihm war heiss und kalt zugleich. Das Ganze kam ihm vor wie die Schilderung eines Tier- oder Sklavenmarktes. Dabei waren das Kinder im Alter zwischen fünf und acht Jahren. Er fasste es nicht und platzierte den zweiten Teil seines Frühstücks in der Schüssel. Er war paralysiert von dem Gedanken an diese Geschöpfe. Nach einiger Zeit gesellte er sich wieder zu den anderen an den Tisch. Er setzte sich und Marco schaute ihn fragend an, „Geht es?" „Ja, ja geht schon. Ein bisschen viel für mich." Erwiderte er in die Runde. Die Frau schenkte ihm eine warme Tasse Tee ein und meinte nur, dass es ihr genau gleich ergangen sein, als sie die Geschichte zum ersten Mal erfahren habe. „Haben sie sich wenigstens versichert in welches Umfeld die Kinder abgegeben wurden?" Forschte Nyffeler weiter nach. „Ja das haben wir insofern gemacht, in dem ich die Einkommensverhältnisse der Ehepaare, deren Leumund und den familiären Hintergrund abfragte. Das konnte ich gut in meiner Stellung. Ich hatte ja Zugriff auf alle diese Daten." „Zurück auf die Frage was haben sie mit dem Geld gemacht?" Forschte Marco weiter nach. Sutz schaute das Haus an und die Anwesenden begriffen, wo das Geld hinfloss. „Die Liegenschaft gehört wohl meiner Frau aber der Unterhalt war immens und mit meinem Gehalt alleine unmöglich sich so etwas zu leisten. Dazu kamen noch meine Ambitionen in der Politik. Die Wahlkampgenen verschlangen eine Unsumme an Geld und ich wolle meiner Frau etwas bieten damit sie zu mir aufsehen konnte und Stolz auf mich war." Sagte er, senkte seinen Kopf und atmete tief ein. „Und jetzt schauen alle auf mich herab, wie ich nun dasitze. Ein Krüppel in einem Rollstuhl, der sein Leben lang eine sich selbst aufgebürdete Last getragen hat und daran zerbrochen ist." Sinnierte er mit leerem Blick vor sich hin und schaute ein weiteres Mal auf die Dächer der Stadt hinab. Die Runde sass eine Zeitlang schweigend da und jeder versuchte, seine Gedanken zu ordnen. „Wie sind sie an die Unterlagen gelangt oder haben sie nur gebluft," unterbrach Sutz die Stille. „Als Rinderknecht verstarb haben mich seine Angehörigen kontaktiert, ob ich Interesse hätte an einer Kiste voller Dokumente über das Kinderheim. Ich bejahte dies aus lauter Neugier und bin so auf diese Akten gestossen." Klärte ihn Nyffeler auf. „Darunter befand sich ein Tabellen Dokument mit diversen Zahlenfolgen aufgeteilt auf acht Spalten und 253 Zeilen. Wir gehen davon aus, dass dies ein verschlüsseltes Dokument über den Verkauf der Kinder war." Sutz nickte fast unbemerkt. „Ja, Rinderknecht führte peinlich Buch über alle Vorgänge mit einer Verschlüsselung. Ich weiss nur noch, dass die eine Ziffernkombination aus der zukünftig möglichen AHV[3] Nummer des Kindes bestand. Nämlich das Geburtsdatum. Diese Idee stammte von mir. Ich war anno dazumal ein eingefleischter Militarist im Range eines Majors in der Schweizer Armee." Gab er Auskunft auf die Frage von Nyffeler. „Aber wie konnten Sie sicherstellen, dass sie niemand bei der Polizei oder sonst wo angezeigt hat?" Fragte Marco. „Ganz einfach. Die von uns ausgesuchten Adoptiv Eltern waren meist solche die wirklich verzweifelt waren über ihren Kinderwunsch. Sie waren sich auch bewusst,

3 Sozialversicherung der Schweiz (Alters- und Hinterbliebenen Versicherung)

wenn diese Geschichte auffliegen würde, wäre der Schaden an dem Kind, den Eltern und der Familie grösser als was eine Anzeige bringen würde. Der Rest war, das auf unserer Seite, pures Glück." „Aber wie besorgten sich die Angehörigen die gültigen Papiere wie Geburtsurkunde, Pass, Identität, Familiennachweis und so weiter." Fragte sich Erich, der sich langsam erholt hatte und wieder ein bisschen Farbe im Gesicht trug. „Ach wissen Sie es werden so viele Urkunden verloren, vermisst oder blieben unauffindbar, da haben Sie schnell eine neue gültige Urkunde. Dazu kam ja, dass diese Personen die Kinder kauften meist Geld und Macht besassen und sich so etwas unbemerkt besorgen konnten." Beantwortete Sutz die Frage von Erich. „Was war mit ihrer Hand geschehen," versuchte Marco das Gespräch am Laufen zu halten. „Bei einer militärischen Schiessübung mit Sprengladungen und Minen wollten wir einen Blindgänger unschädlich machen und ich manipuliert etwas ungeschickt als die Ladung in meiner

Hand detonierte." Befriedigte er die Neugier der Anwesenden. Nach dieser Aussage wirkte der Mann müder und erschöpft. Seine Frau bat die Gäste, doch am folgenden Tag noch einmal zu erscheinen und dann das Gespräch fortzusetzen. Die drei bedankten sich bei den Gastgebern und verabschiedeten sich mit dem Versprechen, am nächsten Tag wieder zu kommen.

Die drei stiegen ins Auto ein und fuhren wortlos zurück in ihr Hotel. Erich und Nyffeler verzogen sich auf ihr Zimmer und legten sich aufs Ohr. Marco begab sich in die Bäderlandschaft und besuchte dort die Sauna. Gegen Abend trafen sie sich wie vereinbart in der Bar zu ihrem Glas Wein. Erich hatte Mühe mit dem Alkohol und bestellte sich nach dem ersten Schluck zusätzlich ein Wasser. „Nun meine Herren, was halten Sie vom heutigen Tag," sprach Nyffeler die beiden ihm gegenübersitzenden an. „Ich erschrecke ab der Kaltblütigkeit und Rücksichtslosigkeit dieser Gräueltaten. Trotz all den Abklärungen zu Gunsten der Kinder aber wer garantierte, dass die Kinder auch eine Zukunft hatten. Niemand, die vermeintlichen Adoptiveltern wurden ja im Nachgang nicht kontrolliert oder überwacht." Antwortete Erich konsterniert und frustriert. Die Antwort von Marco zielte in dieselbe Richtung und er war kein bisschen mehr oder weniger geschockt als sein Freund Erich. „Wir können das leider nicht mehr ändern," murmelte Nyffeler zu sich selbst und klaubte mit gesenktem Kopf und leicht abwesend an seinen Fingernägeln. „Wollen wir morgen dem Herrn noch einmal einen Besuch abstatten oder lassen wir es bleiben?" Stellte er den beiden die Frage. „Was denken Sie?" Fragte Marco zurück. „Ich würde gerne noch einmal bei ihm vorsprechen. Ich denke er könnte uns allenfalls noch mehr zu den fehlenden Akten der Insassen verraten." „Interessiert uns das noch?" Gab Erich den zu bedenken. Sie schauten ihn an und die zwei Angesprochenen fragten sich insgeheim, ob diese Unterlagen wirklich noch benötigt werden. Sie schüttelten beide den Kopf und meinten damit, dass Erich recht hatte. Es bestand kein relevantes Interesse mehr an diesen Dokumenten und deren Verwendung. In Anbetracht dessen, dass nur noch eine Person zu interviewen war, beschlossen Sie davon abzusehen einen weiteren Besuch bei dem Ehepaar zu tätigen. Nyffeler rief bei ihnen an und nahm sich vor, das angekündigte Treffen abzusagen. Frau Sutz die den Anruf entgegennahm, schien enttäuscht darüber, dass Sie das Trio nicht mehr sah. Wie am Gesichtsausdruck vom ihm zu entnehmen war. Schliesslich willigte er ein, doch ein wiederholtes Mal kurz beim Ehepaar Sutz vorbeizuschauen. Er verabredete sich, auf den folgenden Tag früh am Morgen bei ihnen aufzutauchen. Er legte auf und entschuldigte er sich bei seinen Mitstreitern, dass er dem Wunsch der Hausherrin nachgekommen sei. „Kein Problem." Stimmten die beiden ihm gegenübersitzenden Männer zu und nahmen einen Schluck aus ihrem Glas. Erich fragte seine Gefährten, wieso die Sutz ihn noch einmal sehen wolle. Gibt es andere

Schweinereien oder verdeckte Geschäfte, von denen bis anhin nichts ans Tageslicht gekommen ist? Sinnierte die Runde, doch sie kamen zu keinem schlüssigen Ergebnis.

Am darauffolgenden Morgen trafen sie sich wiederholt beim Frühstück und vereinbarten, dass wenn Nyffeler von seiner Visite zurück ist den letzten Besuch bei Erichs Patenonkel in Angriff zu nehmen. Besagter nahm sich ein Taxi, da er nicht selber fahren wollte, und liess sich in die Villa chauffieren. Der Taxichauffeur hielt vor dem Tor an und der Fahrgast stieg aus. Er schritt über den gepflasterten Vorplatz auf die Eingangstüre zu. Kurz vor deren Erreichen öffnete Sie sich und die Dame des Hauses stand in der Tür, um ihn zu begrüssen. Sie trug ein anthrazit graues Hosenkleid mit einer sportlich geschnittenen Jacke und einer weissen Bluse darunter. Ihre Füsse steckten in ebenfalls farblich zu dem Kostüm abgestimmten Wildlederschuhen mit einem halbhohen Absatz. Das Kleid verlieh ihr Grösse und betonte ihre langen Beine. Sie wirkte elegant und ihr dezent geschminktes Gesicht tat das ihre dazu. Sie streckte ihm die Hand entgegen und begrüsste ihn herzlich. Er folgte ihr in das Anwesen und sie nahmen, auf der Ebene des Erdgeschosses angekommen, nicht den Weg rechts zum Wintergarten, nein sie führte ihn links in ein Arbeitszimmer. Dieses war ausgestattet mit den ebenfalls zu dem restlichen im Haus passenden Wände in dunklem Holz. Bildern der modernen Kunst schmückten den Raum und passten zu dem Ambiente. Nyffeler erkannte am einfallenden Licht durch die halboffene Terrassentür, dass dies der Ort gewesen sein musste, aus dem gestern die Frau überraschend den Wintergarten betreten hatte. Sie bat ihn, in einem breiten Ledersessel Platz zu nehmen, und schenkte, ohne zu fragen, zwei Tassen Tee ein. Als es sich beide in ihren Sesseln bequem gemacht hatten, eröffnete die Dame das Gespräch. „Ich möchte mich bei ihnen bedanken, dass Sie noch einmal den Weg hierher gefunden haben." „Keine Ursache," erwiderte Nyffeler und entschuldigte sich, dass er alleine gekommen ist, da seine beiden Zöglinge es, nach dem gestrigen Tag, bevorzugten nicht mehr in diesem Haus erscheinen zu müssen. „Das kann ich mir vorstellen. Es ging mir nicht anders, als ich von der Geschichte meines Mannes erfuhr. Ich wollte das Anwesen sofort verlassen, blieb dann aber meinem Mann zuliebe. Ich hatte jedoch lange gross Mühe damit hier zu leben in dem Wissen daran mit welchem Geld dieses Anwesen finanziert wurde." „Entschuldigen sie meine Zwischenfrage Frau Sutz aber gesellt sich ihr Mann noch zu uns?" „Nein, er hat heute morgen einen Arzt Termin in der Stadt und ist nicht vor Mittag zurück." Antwortete sie ihm. „Weiss er, dass wir uns hier zum zweiten Mal treffen?" „Nein!" Erwiderte sie kurz. Nyffeler war gespannt, was nun folgte. Daher blieb er ruhig und liess eine Pause zu, bevor er mit einer Frage den Gesprächsfaden wieder aufnahm. Doch seine Gesprächspartnerin war schneller. „Wissen sie, ich möchte die Taten meines Mannes nicht schönreden. Keines falls, und ich hoffe für Ihn, dass alle die Geschöpfe, die er vermittelt und verkauft hat auch einen guten und schönen Platz erhalten haben und nicht missbraucht oder sogar ausgebeutet wurden. Ich war lange sehr verzweifelt und wusste, wie ich schon gesagt hatte, nicht wie ich mit der Situation umgehen sollte. Es kam mir so vor als lebte ich in einem goldenen Käfig." „Warum sind sie nicht ausgebrochen aus dem Käfig?" Unterbrach er die Dame. „Ich hatte Angst. Mein Mann konnte sehr zornig werden und ist zu allem im Stande, wenn er das Gefühl hat, das man ihn hintergeht oder ihm ein Unrecht geschieht." „Nicht einfach, mit jemandem so zu leben," ergänzte Nyffeler. „Sie sagen es. Sein Verhalten führte auch dazu, da bin ich mir sicher, diese unsäglichen Taten an den Kindern zu begehen." Er erstaunte ob dieser Aussage und lehnte sich im Stuhl zurück. „Ja sie haben schon richtig gehört." „Können Sie mir das bitte genauer erklären," wandte er sich an sein Gegenüber. „Ja, das kann ich, so glaube ich zumindest. Also, mein Mann ist oder war ein Machtmensch. Er kann mit Niederlagen und wenn sie auch nur vermeintlich sind schlecht bis gar nicht umgehen. So auch mit der Geschichte im Kinderheim. Mein Mann wollte in der Politik Karriere machen. Daher nahm er so viele Ämter und Nebenposten an, wie es nur ging und sinnvoll war. Er freundete sich mit vielen Personen an, die in der Politik etwas zu sagen hatten. Die eine Wahl mit ihren Mitteln und Beziehungen in die gewünschte Richtung lenken konnten. Doch er kam nie zum Zuge. Sie liessen ihn bei jeder Wahl ins Leere laufen oder er wurde geflissentlich übersehen." Erläuterte sie ihm und schaute kurz aus dem Fenster in den wolkenverhangenen Himmel. „Die Verkäufe waren eine Art Rache an seine nicht Beachtung. Er wollte sich damit an allen rächen. Sein abscheulicher Plan ging jedoch nicht ganz auf. Seine Idee war, diese Gräueltaten einem dieser Politiker in die Schuhe zu schieben. Wem und welcher Partei war ihm egal. Er hatte eigentlich den Beer im Auge, aber der war unantastbar in seiner Position bei der Regierung." „Sie meinen Herrn Peter Beer?" Versicherte sich Nyffeler in Richtung seiner Gesprächspartnerin, „Ja, der Herr Peter Beer." Wiederholte Frau Sutz. „Und warum ging sein Plan nicht auf ?" Fragte er weiter. „Die Regierung beschloss, die Liegenschaft, in der das Kinderheim war zu verkaufen da Sie anscheinend finanziell für die Stadt nicht mehr tragbar erschien. Das hatte er nicht bedacht. Das Anwesen gehörte nicht dem Kanton,[4] sondern der Stadt und darauf hatte er keinen Einfluss. Also musste er die Geschäfte einstellen, bevor er seine Untaten einem anderen umhängen konnte." „Dies trieb ihn sicher zur Raserei, so wie sie mir ihren Mann vorhin umschrieben hatten." „Ja, aber das Schlimme war, er wurde nicht rasend. Er verschloss sich, wandte sich ab von allem und jedem. Keiner kam mehr an ihn ran, bis heute." „Und Sie?" Fragte er behutsam und

4 Die Schweiz wird politisch aus 26 Kantonen und Halbkantonen gebildet.

sah ihr dabei in die Augen. „Ich wusste ja dazumal nicht, warum er so wurde und sich so seltsam verhielt, bis zu seinem Sprengunfall bei der seine Hand verlor. Erst nach diesem Vorfall, erfuhr ich von seinen Machenschaften, als ich im Safe der Bank einen riesen Betrag an Bargeld vorfand und ihm drohte ihn bei der Polizei anzuzeigen, wenn er mir nicht sage woher das Geld stamme. Und so erfuhr ich von der ganzen Geschichte." Sie atmete tief ein und es erschien Nyffeler, als ob ihr beim Ausatmen ein grosser Stein vom Herzen fiel. „Haben Sie diese Geschichte schon jemandem erzählt," schaute ihr Gesprächspartner sie fordernd an. „Nein," erwiderte Sie. „Sie sind der Erste, dem ich das erzähle." Sagte sie ihm mit einer Miene der Verlegenheit auf seinem Gesicht. „Warum mir?" Forschte er weiter. „Weil ich gestern erfahren und gespürt habe, dass es noch Menschen gibt denen Schicksale anderer nicht gleichgültig sind. Die aufklären wollen. Die vergangene Nacht konnte ich endlich einmal einschlafen ohne an das

Geheimnis denken zu müssen. Der Spuk scheint für mich irgendwie vorbei zu sein ohne ihn jedoch damit legitimieren zu wollen," erklärte sie ihm sachlich, kühl und distanziert wirkend. „ich danke Ihnen für Ihr Vertrauen mir gegenüber und muss ihnen aber auch sagen, dass wir mit unserem Kreuzzug eigentlich genau dasselbe bei uns dreien erreichen wollen. Meine beiden Begleiter wollen endlich bis zu einem gewissen Grad mit ihrer Vergangenheit abschliessen können und dasselbe gilt für mich." Erwiderte er ihr und hielt seine Hand auf die ihre, die zusammengefaltet in ihrem Schoss lagen. Sie schenkte den beiden eine weitere Tasse Tee ein und gab dabei einige Bemerkungen zum Wetter von sich. Als sich die Frau Sutz wieder gesetzt hatte, sassen sie für eine Zeit stumm da und liessen das eben Gesagte in sich setzen. „Ich glaube, ich schlage meinem Mann vor das Haus zu verkaufen und in eine neue Umgebung zu ziehen." Nahm sie den Faden des Gespräches erneut auf. „Warum? Das Gewissen können

Sie nicht abstreifen und irgendwann holt einem das eine oder andere doch wieder ein." Gab Nyffeler zum Besten. Er erhob sich von seinem Sessel, zog seinen Mantel, an den er beim Eintreten in das Zimmer auf einen Stuhl gelegt hatte, und empfahl sich bei der Frau Sutz. Er bat Sie, ihm ein Taxi zu rufen, und verabschiedete sich mit den Worten „Ich wünsche ihnen alle Kraft der Welt und machen sie es gut!" Dann schlenderte er in Richtung der Eingangstüre und trat ins Freie. Draussen nieselte es und die kühle Luft sorgte schnell für einen klaren Kopf. Er genoss es, eine Weile im Freien, in der Kälte zu stehen und zu warten, bis sein Chauffeur kam.

Nyffeler traf kurz nach Mittag im Hotel ein. Er begab sich in das Restaurant neben der Hotellobby, liess sich einen Kaffee und ein Stück Torte servieren, bevor er Erich und Marco über seine Rückkehr informierte. Eine gewisse Zeit später trudelten die Herren bei ihm ein und er berichtete ihnen von dem Besuch bei Frau Sutz. Die beiden hörten gespannt zu und stellten einige Fragen, welche nicht von Bedeutung waren. Für die zwei Freunde war die Sache gegessen. Dies nahm Nyffeler mit Erstaunen zur Kenntnis, bohrte aber nicht weiter nach. Für ihn war es eher ein Zeichen des Verdrängens der beiden Herren. Was man ihnen angesichts der Tatsachen nicht verübeln konnte. Die drei beschlossen heute keinen Besuch mehr zu tätigen und erst am folgenden Tag, obwohl es Wochen beginn also Samstag war, bei Herr Beer aufzukreuzen.

Am nächsten Morgen, wie schon zur Routine geworden, trafen sich die drei beim Frühstück. Erich ass nicht viel. Er war sehr nervös. Aufgeregter gegenüber den vorigen Tagen. Kein Wunder, hoffte er doch heute, seinen Patenonkel kennen zu lernen. Bis anhin war ihm diese Person ein Unbekannter. Alle drei wünschten insgeheim trotz Wochenende, dass Beer zu Hause war, und Zeit fand, ihnen eine Audienz zu geben. Sie verliessen das Hotel und fuhren auf die Autobahn Richtung Osten und nahmen die

Ausfahrt, die zu den Spitälern führte. An dem Spitalkomplex vorbei den Hügel hinauf bis zu der kleinen Siedlung auf der Anhöhe über der Stadt. Ihnen waren der Standort und die Anschrift bekannt. Sie hatten anfangs der Woche das Anwesen schon einmal besucht. Das Tor stand offen, als sie ankamen, und Marco war so frei und frech und fuhr direkt vor die Eingangstüre zum Gebäude. Das Haus war in einem ähnlichen Stil erbaut wie jenes auf der anderen Hügelseite der Stadt der Familie Sutz. Dieses war jedoch nicht so aufwendig in der Fassade und glich eher einem gleichseitigen Wachturm, welcher in die Höhe gezogen wurde. Durch die grossen nach oben hin spitz zulaufenden Fenster liess sich von aussen erahnen, dass dieses Gebäude aus drei Wohngeschossen bestand. Der Platz vor dem Anwesen war ein Kiesplatz, eingefasst von Rasen. Links führte ein weg aus einzelnen Trittplatten hinter das Haus. Rechts davon stand eine Remise im gleichen Stil wie die Gebäude, welche den Toren nach drei

Garagen beherbergte. Daneben ein Geräteschuppen. Nyffeler wollte den Klingelknopf drücken, da öffnete ein grosser breitschultrig gebauter Mann in den siebziger Jahren die schwer aussehende Eichentüre und schaute die drei Eindringlinge mit Erstaunen an. Er trug einen dunklen Wintermantel, einen Hut mit heruntergeklappten Ohrenschützern und eine kleine Aktenmappe bei sich. „Wen suchen sie?" Fragte der Herr etwas mürrisch und mit gekrauster Stirn. „Guten Tag Herr Beer," begrüsste ihn Nyffeler. „Erkennen Sie mich?" Fragte er, ohne jedoch eine Antwort abzuwarten sprach er weiter. „Ich bin Martin Nyffeler früherer Direktor des Kinderheimes Zur Redlichkeit. Dieses sind meine beiden Begleiter," und zeigte auf sie. Der Hausherr musterte zuerst den Sprechenden und anschliessend die Herren neben ihm. Es schien Erich, ob der Alte sich auf den Backenzähnen ein Lächeln verkniff. „Nun gut, an sie mag ich mich noch schwach erinnern. Wie sagten Sie? Nyffeler?" Sinnierte er beiläufig. „Seien sie gegrüsst. Was wollen Sie von mir?" „Wir hätten einige Fragen zu ihrer Zeit als Heimrat. Aber wenn es ihnen gerade nicht passt, dann kommen wir später wieder vorbei." Antwortete der Direktor. „Nein, nein schon gut. Treten sie ein."

Die drei betraten das Haus und hatten das Gefühl sie seien in einem Museum gelandet. Überall entlang dem Korridor standen Ritterrüstungen in diversen Ausführungen. An den Wänden selbst hingen unzählige Wandteppiche, die Szene aus der Ritterzeit zeigten. Die Räume waren wie vermutet hoch und in einem roten Farbton gestrichen, der dem ganzen Eingangsbereich einen majestätischen Ausdruck verlieh. Der Boden war in Steinplatten ausgebildet analog einer schachbrettartigen Anordnung mit schwarzen und weissen Platten. Beer zog seinen Mantel aus und legte ihn mit Hut und Mappe auf einen hochlehnigen Stuhl, der neben der Türe stand. „Lena," rief er durch das Haus, kurz darauf erschien eine Bedienstete und nahm von den Herren die Garderobe entgegen. Sie führte die Drei in einen Salon, der im gleichen Stil gehalten war wie die Eingangspartie, aber in blauen Farbtönen. In der Mitte platziert ein Salontisch und darum verteilt standen einige Klubsessel. Sie bat die Herren, Platz zu nehmen, und fragte nach Tee oder Kaffee. Kurz nachdem sie den Raum verlassen hatte, betrat der Hausherr den Salon. An seiner Seite ein Windhund mit dunkelgrauem struppig aussehendem Fell. „Macht es jemandem etwas aus, wenn das Tier dabei ist?" Fragte er in die Runde. Keiner hatte einen Einwand und so legte sich der Hund neben den Sitz des Herrn. Just in diesem Moment wurde der Kaffee serviert. Als alle eine Tasse vor sich hatten und die Bedienstete den Raum verlassen hatte, fragte der Gastgeber, wie er helfen könne. „Nun gut Herr Beer, meine beiden Begleiter und ich sind bei der Aufarbeitung der Geschichte des Kinderheimes auf einige Unregelmässigkeiten gestossen, die wohl von Interesse der Öffentlichkeit wäre, wenn es an die Presse gelangte." Eröffnete Nyffeler mit seinen Ausführungen und schaute dabei Beer in die Augen. „Was meinen sei genau?" Erwiderte er. „Wir meinen, dass im Heim ein schwunghafter Handel mit Kindern betrieben worden ist und sie als Heimrat mit allen anderen dafür verantwortlich waren," zog Nyffeler vom Leder. Beer setzte eine besorgte Miene auf, lehnte sich in den Sessel zurück und zündete sich eine Zigarre an. Er blies den Rauch in den Raum hinaus und schaute ihm nach. Dann beugte er sich zu der Gesprächsrunde vor, holte tief Luft und startete mit seinen Ausführungen. „Hören Sie, ich habe mit dem ganzen abscheulichen Taten nichts zu tun gehabt. Ich habe vor einiger Zeit als das Archiv der kirchlichen Administration digitalisiert werden sollte Wind davon bekommen. Man hat mich gefragt ob es sich lohne die Daten des Kinderheimes zu digitalisieren. Da die Aufbewahrungsfrist für die jüngsten Dokument schon ein Jahr überfällig waren. Ich wusste nicht was antworten und habe in der ersten Reaktion die Digitalisierung der Daten als sehr wertvoll erklärt und man solle doch in Betracht ziehen diese zu überspielen. Ich bin dann der ganzen Geschichte nachgegangen und habe durch meine Beziehungen erfahren was das für die Daten waren und wer diese Daten digitalisierte. Als ich wusste, wie brisant die Daten waren, habe ich mich entschlossen zuerst in diese Unternehmung einzusteigen. Es war kein grosses Unternehmen, vielleicht zehn Angestellte. Mittlerweile habe ich die Firma gekauft und gliedere sie jetzt in einen Betrieb einer meiner Freunde ein. Nur mit der einen Absicht, diese Akten in meine Obhut zu bringen." „Da werden Sie wahrscheinlich noch immer sein?" Entgegnete Marco mit einer Bemerkung. „Genau," erwiderte Beer. Er zog eine Hard Disk aus seiner Tasche und legte Sie auf den Tisch. Die drei schauten sich an und ihnen war klar, dass er mehr Wissen über die Angelegenheit hatte, als sie hier in der Runde „Es erscheint, als hätten Sie uns erwartet?" Mutmasste Erich und sah dabei seinen Patenonkel an. Ihm fiel die Ähnlichkeit gewisser Gesichtszüge an Beer auf, die ihn an seine Mutter erinnerten. Zumindest was er auf dem einzigen Foto, das er von seinen Eltern besass, noch zu erkennen war. Er lächelte und nahm genussvoll einen Zug von seiner Zigarre. „Schauen Sie, ich bin grösstenteils dafür verantwortlich, dass Herr Nyffeler," und er deutete mit dem Finger auf ihn. „In den Besitz der Dokumente von Rinderknecht dem Finanzchef gekommen ist. Was er damit angestellt hatte, war alleine ihm überlassen. Die fragenden Gesichter der Herren waren gross, sehr gross sogar. Es liessen sich alle in die Sessel fallen ob dieser Aussage. Der Hund an der Seite von Beer erschrak ab dieser Bewegung, erhob sich und schaute seinen Herrn an. Er streichelte ihm über den Kopf und sofort legte sich das Tier wieder hin. „Ich glaube jetzt sind sie uns eine Erklärung schuldig, Herr Beer," forderte ihn Nyffeler auf. Er wartete eine kurze Weile, nahm einen Schluck Kaffee und einen weiteren Zug von der Zigarre, bevor er mit seinen Ausführungen weiterfuhr.

„Ich wusste schon lange, schon als Heimrat, dass irgend etwas nicht stimmte in der Institution und ich wusste auch als Mitglied der Regierung, was über den Juristen Sutz für Gerüchte kursierten. Was alle von ihm sagten, wussten und dachten. Von wegen Reichtum, grosses Anwesen und so weiter. Ich ging der Sache sehr diskret nach, denn ich musste aufpassen. Sutz und andere warteten nur darauf mir oder meiner Partei ein Bein stellen zu können und allenfalls bei den nächsten Wahlen einen Vorteil daraus ziehen zu können. Für mich war er die Schlüsselperson. Die Anderen waren ja von den Ämtern delegiert und nicht besonders an dem Heim interessiert. An einem Herrenabend erfuhr ich, dass Sutz an gewisse Personen des Heimrates heimlich finanzielle Zugeständnisse machte. Das machte mich stutzig, da wir im Heimrat nie von irgendwelchen Auszahlungen oder Geldern gesprochen hatten. Ausgenommen die Tagungs- und Sitzungsgelder die uns ausbezahlt wurden. Ich wusste aber immer noch nicht was vorging. Ich war gefangen in meinen Recherchen. Hätte ich weiter gebohrt, wäre ich aufgeflogen mit allen Konsequenzen und das hätte der Sache nicht sonderlich gedient daher blieb ich still und ruhig und liess die Sache bleiben, aber beobachtete die betroffenen Personen." Er hielt inne, schaute sich in der Runde um und fuhr weiter. „Als ich von den Hinterbliebenen von Rinderknecht angerufen wurde wegen den Akten bat ich sie den Herrn Nyffeler anzurufen ohne meinen Namen zu erwähnen, da ich wusste auch er war an der Aufarbeitung dieser Sache interessiert." „Woher wussten sie das?" Hackte der Angesprochene sofort nach. „Alkohol macht die Zunge locker," erwiderte er und erklärte, dass sein Privatdetektiv ihn beschattet hätte zur Zeit seiner „schwarzen Phase" und da habe er sich im Rausch verplappert. Gab ihm Beer zur Antwort. „Also ging ich davon aus, dass Nyffeler sicher die Dokumente an sich nehmen würde und allenfalls gewisse Schlüsse daraus ziehen könnte. Das er gleich mit dem ganzen Überfallkommando und so schnell hier aufkreuzen würde erstaunte mich nicht schlecht." Sagte er mit einem Lächeln, nahm einen weiteren Zug von der Zigarre und lehnte sich zurück. Es war still. Mucksmäuschenstill in dem Raum. Keiner der drei regte sich, alle starrten vor sich hin. Erst als sich Marco eine Tasse Kaffee einschenkte, kam wieder Bewegung in die Runde. „Was wäre geschehen, was hätten Sie getan, wenn sich Nyffeler nicht auf die Socken gemacht hätte?" Fragte er nach. „Ich hätte weiter gewartet auf die nächste Gelegenheit. War mir aber bewusst, dass dies wahrscheinlich die letzte Möglichkeit gewesen war nur schon aufgrund meines Alters." Antwortete er. Und schaute Erich lange und intensiv an. „Ich war mir jedoch bewusst, dass den Opfern nicht mehr geholfen werden konnte. auch eine Klage gegen die Mitglieder des Heimrates versprach keinen grossen Erfolg mehr bringen würde." Die drei nickten ihm zu und Marco erwähnte dabei die Schicksale der anderen Personen, die sie im Zusammenhang mit dieser Geschichte besucht hatten. „Ich wusste von der ganzen Sache wirklich nichts und wenn hätte ich nicht viel ausrichten können als Einzelner," sagte er zu sich selber und kraulte dabei den Kopf des Hundes. Von draussen erhellte die Sonne den Raum. Der Rauch der Zigarre gab den Strahlen ein Gesicht und die Schwaden begannen mit dem einfallenden Licht zu spielen.

Es setzte ein betretenes Schweigen unter der Männerrunde ein. Marco bemerkte, dass Erich nervös war und kurz davor etwas zu sagen. Aber irgendetwas Unsichtbares hielt ihn zurück. Er unterbrach die Stille und fragte, ob er sich die Festplatte anschauen dürfe. Beer verneinte nicht und drückte ihm das Teil in die Hand. Am liebsten hätte er sich, als IT-Ermittler darauf gestürzt und die Daten analysiert. Aber er verschob es auf später, wenn er alleine im Hotelzimmer war. Nach einer weiteren Zeit fragte der Hausherr in die Runde, was mit den anderen Mitgliedern des Heimrates geschehen ist. Er bemerkte dies wohl mehr, um die Unterhaltung wieder anzukurbeln und in Gang zu halten, als aus wirklichem Interesse. Nyffeler erzählte ihm von den einzelnen Besuchen der letzten Tage. Beer quittierte die Aussagen jeweils mit einem Kopfnicken und einem schiefen Lächeln. Er streichelte während dessen seinem Hund den Kopf. Als der Direktor mit seiner Berichterstattung geendet hatte, legte Beer die Zigarre in den bereitstehenden Aschenbecher. Erhob sich vom Sessel und begab sich zum Fenster, um es zu öffnen. Die drei Herren nahmen dieses Zeichen zum Aufbruch wahr und erhoben sich ebenfalls von ihren Sesseln. „Lena," rief der Hausherr und kurze Zeit darauf stand die Dame mit den Mänteln im Korridor. Beer reichte Nyffeler die Hand zur Verabschiedung und stutzte, als im bewusst wurde, dass er bei der Begrüssung und während des Gespräches, nie nach den Namen der Begleiter gefragt hatte. Er wollte die beiden ebenso per Handschlag verabschieden, als Marco seinen Namen „Seiler" nannte, war im

Antlitz von Beer keine Regung zu sehen. Als jedoch Erich seinen Namen „Sohm" erwähnte, wurde der Hausherr bleich und fahl im Gesicht. Er begann trotz kühler Temperatur im Korridor zu schwitzen und wäre beinahe zusammengesackt, hätte ihm Nyffeler nicht einen der umstehenden Stühle untergeschoben. Lena öffnete ihm die Krawatte und den Hemdkragen, damit er mehr Luft bekam. Nach einer gefühlten Schrecksekunde erholte sich Beer von seinem Schwächeanfall und deutete fragend mit zittriger Hand auf Erich „Du bist mein Patenkind? Der Sohn meiner Schwester?" Fragte er mit heiserer und fahler Stimme. Wobei er ihn vom Stuhl sitzend mit seitlich angelegtem Kopf ungläubig anschaute. Erich nickte und war froh, nichts sagen zu können, da ihm selbst ein Kloss im Hals steckte und er für den Moment keinen Ton rausbrachte. Marco erkannte die Situation und bejahte die Frage von Beer. „Ja, er ist ihr Patenkind." Alle schauten den Hausherrn an und warteten auf eine Äusserung von ihm. Nach einer Weile räusperte er sich und bat die Anwesenden doch, zu gehen. Er melde sich wieder bei Ihnen. Das Trio tat wie geheissen. Sie verliessen das Haus, starteten den Wagen und fuhren Richtung Hotel davon.

Erichs Kloss im Hals löste sich langsam auf und er bemerkte ein etwas flaues Gefühl im Magen. Nyffeler schlug vor, da es Wochenende war der Stadt einen Besuch abzustatten und eine der traditionellen Bratwürste als Mittagsmahl zu verzehren. Die drei stimmten ein, stellten das Auto auf einem Parkplatz ab und liessen sich an einem Bratwurststand die Köstlichkeit servieren. Dazu gab es, trotz eisiger Kälte ein Bier aus der Dose, welches Erich in einem Zug leerte. Kaum waren sie fertig mit ihrem Mahl, summte das Natel von Nyffeler. Er zog das Mobile aus der Manteltasche, schaute die Nummer auf dem Display an und gab mit einem fragenden Ausdruck auf dem Gesicht zu verstehen, dass er den Anrufer nicht kannte. „Hallo," meldete er sich. Am anderen Ende der Leitung war Lena die Hausangestellte. Sie bat darum, Herrn Sohm an das Mobile zu bekommen. Nyffeler überreichte Erich das Gerät. „Herr Beer würde sich freuen heute Abend bei ihm im Haus mit Ihnen alleine Abend zu essen. Wäre ihnen das recht so gegen fünf Uhr nachmittags?" Kam es fragend aus dem Hörer. „Ja, ja ich werde da sein." Gab er zur Antwort, brach den Call ab und gab Nyffeler den Apparat zurück. Seine Begleiter schauten ihn erwartungsvoll an. „Was ist los?" Fragte Marco. Erich klärte die beiden über den Inhalt des Gespräches auf. Er wusste nicht so recht, was er davon halten sollte.

In seinem Zimmer angekommen, realisierte er, erst was geschehen war. Er rief zu Hause an und erzählte Jorit seiner Frau, was vorgefallen war. Selbstverständlich hielt er mit jedem seiner beiden Mädchen Aila und Jøgrunn eine Plauderminute ab. Sogar der Hund Elvis meldetet sich mit einem tiefen Bellen aus dem Hintergrund. Er versprach, sich schnellstmöglich wieder zu melden und nach Hause zu kommen.

Müdigkeit breitete sich in ihm aus. Er legte sich hin und stellte den Wecker auf halb vier. Somit blieb ihm genügend Zeit sich herzurichten und sich auf den Weg zu seinem Patenonkel zu begeben.

Sein Mobile weckte ihn aus dem tiefsten Schlaf. Er nahm eine Dusche, zog seinen Anzug an und liess sich ein Taxi rufen. Er betrat frisch und herausgeputzt in der Lobby, um sein Taxi zu besteigen, da trat von der Seite ein gutgekleideter Herr an ihn heran. Er gab sich als Chauffeur von Peter Beer zu erkennen, und bat Erich ihm zu folgen. Sein Begleiter führte ihn zu einer eleganten Limousine, die vor dem Hoteleingang wartete, hielt ihm die Fondtüre auf und bat ihn, einzusteigen. Das Innenleben war in hellbraunem Leder ausgestattet und die Fenster dunkel getönt. Ein Fahrzeug der absoluten Luxusklasse, in dem er sass. Der Wagen bewegte sich in Richtung von heute Morgen und es dauerte nicht lange, fuhren sie vor dem Haus seines Patenonkels vor. Der Chauffeur öffnete ihm die Wagen Türe und bat ihn, auszusteigen. Er stand auf dem Kiesplatz des Gebäudes, da öffnete die Hausangestellte die Eingangstüre und begrüsste ihn freundlich mit einem Lächeln auf dem Gesicht. Erich trat ein und entledigte sich seines Mantels. Lena führte ihn an dem Zimmer von heute Morgen vorbei in einen zur Stadt gerichteten Wintergarten, welcher von der Strassenseite her nicht einsehbar ist. Es hatte frisch geschneit und es war düster. Aber man erkannte, dass das Anwesen von einem grossen Umschwung mit Terrasse, Pool und Garten Haus sowie grosszügigen Rasenflächen umgeben war.

Es war ein Tisch für zwei Personen gedeckt. Mit einem schlichten weissen Blumenbouquet auf der Seite, elegant wie in einem Luxushotel. Ein bis zum Boden reichendes Tischtuch deckte die Tafel ab. Edles Porzellan stand bereit, neben dem Teller lag schweres silbernes Besteck sauber aufgereiht und sicher auf die einzelnen Speisen, die serviert wurden, abgestimmt. Als sich Erich in dem Wintergarten umgesehen hatte, trat sein Patenonkel in den Glasbau ein und begrüsste ihn sehr formell und distanziert. Er reichte ihm die Hand und legte gleichzeitig seine Linke auf Schulter des Gastes. Er musterte den Mann, sein Patenkind, eindrücklich während er seine Hand hielt. Im Anschluss daran bat er ihn, doch in den Salon zu treten zu einem Aperitif. Wiederum liessen die Augen von Beer das Gesicht von Erich nicht aus dem Blickfeld weichen. „Entschuldigen Sie, dass ich sie so anstarre aber erst jetzt erkenne ich gewisse Züge in ihrem Antlitz, die meine Schwester Esther, ihre Mutter auch hatten. Ich denke die Kinn- und Nasenpartie erscheint mir am auffälligsten zusammen mit der Augenpartie. Nicht die Farbe, an die kann ich mich nicht mehr erinnern, aber die Form mit den Brauen das hast du von meiner Schwester." Als er mit seinen Ausführungen geendet hatte, zog er ein Foto aus der Tasche, dass eine Porträtaufnahme einer Dame zeigte mit einem warmen Gesichtsausdruck und einem sanften Lächeln. „Das war Sie, ihre Mutter, eine sehr schöne Frau, hingebungsvolle Mutter und liebe Ehefrau." Er atmete tief ein und blieb für einen Moment mit den Gedanken bei sich. Lena betrat den Raum und fragte nach dem Aperitif. Beer nahm einen Sherry und Erich ein Bier. „Ich bin froh, dass Sie meiner Einladung gefolgt sind. Übrigens, sie ja wissen, ich bin ihr Patenonkel und biete ihnen, so komisch es klingen mag das Du an. Ich heisse Peter." Sagte er zu seinem Patenkind gewandt und gab ihm die rechte Hand. Erich ergriff Sie und nahm das Angebot an. „Ich möchte heute Abend nicht über die Vergangenheit sprechen. Ich freue mich, dass wir uns nach langer Zeit gefunden haben oder besser gesagt du mich gefunden hast." Erich unterbrach seinen Patenonkel und fragte nach, wieso er ihn im Heim liess und nicht adoptiert habe? Peter nahm einen Schluck Sherry, schaute nach draussen, bevor er ihm antwortete. „Als deine Eltern bei dem Autounfall umkamen sah es so aus, als das dich die deine Tante Ruth, die Schwägerin deiner Eltern und somit die Frau meines älteren Bruders aufnehmen würde. Ich begrüsste diese Lösung, da ich als Vormund von dir eingesetzt wurde schien mir die beste Lösung. Du hättest mit deinen zwei Cousinen und Cousins aufwachsen können, die etwa in deinem Alter waren. Ich vernahm jedoch, dass der Mann von Ruth in arge Bedrängnis kam geschäftlicher Art und die beiden lehnten es dann ab, dich zu sich zu nehmen. Was ich begreifen konnte, denn eine weltweite Krise bahnte sich an. Dann wollte ich dich hierher zu uns nehmen. Meine Frau und ich waren bis dahin kinderlos und es hätte im Haus genügend Platz gehabt für dich. Aber meine Frau war dazumal schon schwer krank und musste des Öfteren das Bett hüten. Ich war mir nicht sicher, ob sie, wir diese Aufgabe mit dir gemeistert hätten. Also auch diese Lösung war nicht optimal. Daher erschein es mir besser dich im Heim unterzubringen. Aber unter der Aufsicht und Überwachung von mir. Ich habe dich immer beobachtete. Ich habe alle deine Zeugnisse gesehen und was ich gesehen

habe machte mir Freude. Dir sollte es, zumindest im Heim an nichts fehlen. Ich habe
auch dafür gesorgt, dass dein bester Freund
Marco Seiler die gleiche Bevorzugung erhält
wie du. Und wie ich sehe besteht die
Freundschaft noch heute was mich sehr
freut und stolz macht." Erich staunte ob der
Offenheit, die Peter ihm gegenüber zum
Ausdruck brachte. Er nahm einen Schluck
des kühlen Bieres und stellte ihm eine Frage.
„Warum hast du dich mir nie offenbart oder
gezeigt? Du hattest alle Möglichkeiten und
die Macht dies zu tun. Uns, mir zu zeigen,
dass du da bist und dich um mich küm-
merst?" Ereiferte sich Erich enttäuscht an
ihn. „Nun das war ja gerade das Problem.
Hätte ich mich zu jener als du im Heim warst
zu erkennen gegeben, dann wäre ich meinen Job als Heimrat wegen möglicher Be-
fangenheit losgewesen. Es kann jemand
nicht Beistand eines Kindes und gleichzeitig
Heimrat sein. So aber hatte ich zumindest
die Geschehnisse um dich in nächster Nähe
greifbar. Glaub mir, wenn mich irgend etwas

dazu veranlasst hätte zu handeln, dann hätte ich gehandelt. Als ihr beide dann flügge wurdet mit Studium und Militär genau in dieser Zeitspanne ging es meiner Frau sehr schlecht. Sie war ans Bett gefesselt und ich habe sie mit meinen eigenen Händen noch zwei Jahre lang gepflegt, bevor sie starb. In dieser Zeit hatte ich nicht allzu viel übrig für meine Beobachtungen. Aber ich wusste, jetzt war eh der Zeitpunkt eurer Mündigkeit gekommen und ihr konntet tun und lassen was ihr wolltet." Er unterbrach seine Ausführungen und streichelte den Hund, der mittlerweile neben dem Sessel von ihm Platz genommen hatte. „Eh ich mich versah, hörte ich, dass du die Schweiz verlassen hattest und ebenso Marco. Ich konnte trotz meiner Beziehungen nie nachvollziehen, wohin ihr beide ausgezogen seid. Aber eines wusste ich, ihr seid nicht weit voneinander weg." „Da hat dich dein Gefühl nicht getäuscht. Wir leben beide wenige Minuten voneinander weg in Stockholm," gab Erich zur Antwort und erzählte seinem Patenonkel von der ganzen Auswanderer Story, seiner Familie, von Marcos Beziehung und von ihren Jobs, denen sie nachgingen. In der Zwischenzeit bat Lena die beiden Herren zu Tisch. Es gab zuerst eine kräftige Rinderbrühe mit Einlagen, im Anschluss daran folgten ein Salat, ein Schmorbraten mit Kartoffelstock und Gemüse. Dazu tranken Sie aus edlen Kristallgläsern einen passenden Rotwein. Den Abschluss krönte ein selbstgemachter Apfelkuchen. Während des Essens unterhielten sich die Herren angeregt und intensiv über sich, ihre Familien und die gemeinsame Geschichte. Es hatten sich zwei Menschen gefunden, die sich verstanden. Die beiden setzen das Gespräch bei einem Kaffee im Salon fort. Peter zündete sich eine Zigarre an und trank dazu einen Cognac aus einem grossen bauchigen Glas. In der Zwischenzeit war die Nacht hereingebrochen. Im Kamin brannte ein Feuer, das der ganzen Atmosphäre einen heimeligen Charme verlieh. Das Licht des Feuers warf lange Schatten an die Wand und die beiden diskutierten und unterhielten sich bis spät in die Nacht. Die Glocke der Standuhr schlug Mitternacht. Erich verabschiedete sich und liess sich vom Chauffeur ins Hotel bringen. Er zog den Mantel an, da übergab ihm sein Patenonkel eine Schachtel mit einer blauen Schleife darum und mit dem Hinweis dazu, diese bei Gelegenheit zu öffnen und sich den Inhalt genau anzuschauen. Erich nahm das Präsent dankend an sich und sagte „Adieu," mit dem Versprechen, am nächsten Tag wieder zu kommen. Es schneite dicke Flocken vom Himmel, als die beiden Richtung Stadt und dann zum Hotel fuhren. Die Strassen waren leer und sie erreichten ihr Ziel nach kurzer Zeit. Erich verabschiedete sich bei seinem Fahrer, trat in die Lobby und verschwand auf sein Zimmer. Die Schachtel legte er auf das Bett, zog sich aus und nahm eine Dusche, bevor er einschlief.

Am nächsten Morgen war Erich zeitig wach. Er begab sich in den Frühstücksraum und war überrascht, dass Marco und Nyffeler ebenfalls schon anwesend waren und gespannt auf ihn warteten. Er setzte sich an den Tisch, liess sich einen Kaffee bringen und erzählte von der letzten Nacht und seinem Besuch. Die Schachtel erwähnte er dabei nicht. Sie beschlossen den Tag angenehm zu gestalten. Erich informierte, dass er noch einmal bei ihm vorbeischauen werde. Aber erst nach der Durchsicht des Inhaltes des Präsentes, die oben in seinem Zimmer lag. Nyffeler schlug vor, sich beim heutigen Abendessen darüber zu unterhalten, wie es weitergehen sollte, und was allenfalls noch anstehen würde um einen Abschluss für ihr Projekt zu finden. Die beiden nickten ihm zu und sie verabredeten sich auf den späteren Nachmittag in der Bar. Marco macht den Vorschlag, sich schon einmal nach allfälligen Rückflügen zu erkundigen. Erich verzog sich auf sein Zimmer, setzte sich auf das Bett und öffnete behutsam die Schachtel. Darin waren zahlreiche Fotos zu finden von seinen Eltern, einem kleinen Knirps, der wahrscheinlich ihn darstellte. Zuunterst in der Schatulle lag ein Dokument in alter Schrift ausgefüllt mit dem Titel einer Aktie. Erich wusste im ersten Moment nichts damit anzufangen, trotz seines Bankwissens. Er nahm sich vor, dazu seinen Patenonkel Peter zu befragen. Er rief bei ihm an und teilte Peter Beer mit, dass er gegen die Mittagszeit bei ihm aufkreuzen werde. Sein Patenonkel freute sich und bestand darauf, dass er sich von seinem Fahrer abholen liess. Erich schaute die Fotos durch mit den Bildern seiner Familie und seiner Person. Es war ein komischer Moment. Eine Verbindung zu den Fotografien aufzubauen misslang ihm, obwohl es seine leiblichen Eltern waren. Es war eine Grenze da, die keine Erinnerungen oder Gefühle in ihm hochkommen liessen. Er nahm die unzähligen Bilder und verstaute Sie in der Schachtel. Dann rief er zu Hause an und erzählte in einem langen Telefonat seiner Frau über den gestrigen Abend mit seinem Patenonkel Peter. Jorit freute es, dass er und Marco ihre Vergangenheit zu einem weiteren Teil verarbeitet und sich ihr gestellt hatten. Als Erich das Gespräch beendete vermisste er seine Familie über alles und empfand einen Hauch Heimweh und Wehmut nach zu Hause und seinen Liebsten. Gegen Mittag fuhr er zurück in das Anwesen, oberhalb der Stadt das seinem Patenonkel gehörte. Er wurde an der Türe freudig vom Hausherrn und dem schwanzwedelnden Hund begrüsst. Sie traten beide ein. Peter führte ihn durch das ganze Gebäude vom Untergeschoss mit Weinkeller und Sauna über eine grosse Bibliothek im Erdgeschoss und grosszügigen Schlaf- und Arbeitszimmer im Obergeschoss. Die beiden setzten sich nach dem Rundgang in den bekannten Salon und Peter steckte sich eine Zigarre an. Sie unterhielten sich über Gott und die Welt. Erich nahm die Schachtel mit dem blauen Band und schaute sich mit ihm einzelne Fotos an. Dazu gehörte auch das Dokument, das am Boden lag und mit dem Titel Aktie überschrieben war. Peter lehnte sich in den Sessel zurück, nachdem er es sah. „Also das Original dieser Aktie liegt bei der Bank im Safe und beteiligt dich per sofort zum

Hauptaktionär des ehemaligen Unternehmens deiner Eltern." Schweigen, der weit geöffnete Mund von Erich und eine fragende Miene schauten ihn an. „Also, in der Zeit, in der deine Eltern den Autounfall hatten, wollten dein Vater und ich zusammen eine Unternehmung gründen. Als deine Eltern nicht mehr waren, habe ich diese Idee einer Unternehmung weitergeführt im Sinne deiner Eltern. Daraus sind bis heute einige gut florierende Firmen vermehrt im Textilsektor geworden. Nicht gross aber rentabel und erfolgreich. Ich bin froh, seid ihr aufgetaucht. Denn ich bin zu alt für diese Firma und ich denke du bist genau alt genug und erfahren genug in diese Unternehmung einzusteigen und das Aktionariat zu übernehmen. Die Unterlagen dazu findest du im oberen Stock im Arbeitszimmer. Im Weiteren möchte ich dich dahingehend informieren, dass ich aufgrund fehlender Nachkommen dich als meinen alleinigen Erben begünstigen werde im Falle meines Ablebens." Er atmete hörbar erleichtert auf, als er mit seiner Nachricht geendet hatte. Erich bat Lena, ihm einen Cognac zu bringen. Bevor er etwas erwiderte, leerte er den Schwenker auf Ex und liess sich in das Lederpolster fallen. „Was bedeutet das?" Fragte er in den Raum hinaus und starrte halb im Sessel liegend an die Decke. „Das bedeutet, dass du Eigentümer und Hauptaktionär an verschiedenen Unternehmungen wirst. Ich werde morgen mit meinem Anwalt das Ganze besprechen." Erich merkte, wie der Cognac in ihm eine wohlige Wärme verbreitete. „Aber ich lebe in Stockholm? Wie soll das gehen? Ich kann doch nicht ein Geschäft in der Schweiz führen und in Stockholm leben?" Stammelte er verzweifelt vor sich hin. Peter lächelte nur und zog an seiner Zigarre. Erich stand vom Sessel auf und sagte seinem Onkel, dass er etwas frische Luft brauche. Er nickte und schlug ihm vor doch einige Schritte, um das nahe Kloster zu spazieren. Er solle den Hund mitnehmen, der wisse im schlimmsten Fall den Heimweg. Lächelte und begleitete ihn zur Tür. Erich schnappe sich das Tier und stapfte in die Winterlandschaft. Er sog die Luft tief in seine Lunge ein, um einen klaren Kopf zu erhalten. Es war kalt, aber die Sonne schien und die weit verschneiten Flächen blendeten ihn. Der Spaziergang dauerte eine Stunde. Vorbei an einem Kloster das eingefasst war von einer mannshohen Steinmauer. Dann umrundete er eine eigenartige Seenlandschaft mit drei Seen. Wobei er auf der einen Seite einen prächtigen Blick auf die Stadt seiner Jugend hatte. Zurück im Anwesen, klärte ihn sein Onkel auf, dass er seine beiden Freunde zum Abendessen in ein Lokal eingeladen hätte. Als Abschiedsessen da er davon ausgehe die Mission der drei sei erfüllt. Erich hatte nichts dagegen einzuwenden und verbrachte die restliche Zeit bis zur Abfahrt damit die Unterlagen im Arbeitszimmer zu sichten. Was er vorfand, übertraf seine Erwartungen. Es waren Vermögensteile vorhanden, die er seiner Lebtage nie und nimmer aufzubrauchen im Stande wahr. Sein Leben und das seiner Familie war mehr als finanziell abgesichert. Damit liesse sich das Anwesen seines Schwiegervaters Lasse locker finanzieren und für Marco seinen Lebensfreund war ebenfalls gesorgt. Er merkte, wie nüchtern und gelassen er auf diese Tatsachen reagierte. Keine überschwänglichen Gefühle, denn es war ihm schon mehrmals vor Augen geführt worden. „Wie gewonnen, so zerronnen."

Die Eingeladenen trafen sich wie vereinbart in einem Hotel in der obersten Etage zum Abendessen. Es war eine lockere Herrenrunde, bei der das eine oder andere besprochen und gelacht wurde. Marco hatte die Flüge für den kommenden Dienstag gebucht und freute sich merklich auf seine Rückkehr zu Annafrid und seinem chaotischen Lebensstil. Nyffeler wirkte in sich gekehrt, sonst, bis ihn Erich darauf ansprach. Er atmete tief durch und schaute mit wässrigen Augen in die Runde. „Ich bin froh, konnte ich mit euch beiden mein Versprechen einlösen und mich der Vergangenheit, die wir ein Stück weit zusammen gegangen sind in ein anderes Licht rücken." Er macht eine

Pause und wischte sich die Tränen ab, die ihm über die Wangen liefen. „Ich werde, wenn es nach den Ärzten geht, nicht mehr lange unter euch sein." Die Anwesenden schauten ihn mit fragenden Gesichtern an. „Ich habe Krebs und befinde mich im Stadium, bei dem es kein Zurück mehr gibt. Ich werde mich kommende Woche in den Spital einliefern lassen und mich ärztliche Behandlung zu begeben." Erich und Marco wurden aschfahl und bleich. Erich überkam ein komisches flaues Gefühl im Magen und der Kloss im Hals meldete sich erneut. „Auch ich werde meinem Schicksal oder meiner Strafe, nennt es wie ihr wollt, nicht davonkommen. Aber ich werde hoffentlich mit einer mehr oder weniger guten, letzten Tat von dieser Welt abtreten." Beendete er seine Offenbarung. „War das der Grund, weshalb sie aus dem Spital abgehauen sind?" Bemerkte Marco, Nyffeler nickte. „Ja, ich wollte vermeiden, dass Sie mich aufgrund meiner Diagnose behalten hätten. Dann wäre das ganze Unternehmen gestorben gewesen, bevor es begonnen hätte." Gab er in gewohnt deutlich und präziser Art von sich. Erich und Marco schauten sich fragend an und ihnen wurde einiges bewusst. Nun war klar, warum Nyffeler nur einen Besuch pro Tag geplant hatte, da er den Rest für seine Erholung brauchte und damit er seine Medikamente wie verordnet einnehmen konnte. Die momentan etwas gedrückte Stimmung hellte sich ein bisschen auf, als Beer den Vorschlag unterbreitete Nyffeler nach Möglichkeit in seinem Haus aufzunehmen und für die angemessene Pflege zu sorgen. Er nahm das Angebot lächelnd an, sagte aber nichts. Kurz darauf verliess die Runde das Lokal und die Gruppe verabschiedete sich. Erich versprach am Montag ein letztes Mal vor der Heimreise bei ihm vorbeizuschauen. Die drei bestiegen ein Taxi, welches Sie in ihr Hotel brachte. Nyffeler zog sich auf sein Zimmer zurück und die beiden Freunde genehmigten sich einen Absacker an der Hotelbar. Erich informierte Marco über das Gespräch mit seinem Patenonkel und wie es dazu kam, dass sie zwei relativ unbehelligt die Zeit im Heim verbrachten. Marco pfiff leise durch die Zähne, nachdem Erich mit seinen Ausführungen geendet hatte. Als sie sich in der Bar aus den Sesseln hievten, war es schon weit nach Mitternacht.

Erich, schlief nicht sofort ein. Die Ereignisse der letzten Tage, ja Stunden waren zu viel für ihn. Seine Gedanken kreisten auf verschiedenen Umlaufbahnen in seinem Kopf. Besonders Nyffeler und sein Schicksal machte ihn trotz all dem, was er in der Vergangenheit war, nämlich ein Ungeheuer, nachdenklich wie der Direktor sich jetzt offenbarte. Er gönnte es ihm nicht, einen solchen Abgang zu erleben. Aber verhindern war auch nicht möglich. Das erste Mal zeigte er Gefühle für ihn. Er erstaunte nicht darüber und war froh, dass er trotzdem Mitleid verspürte, nach all diesen Begegnungen der letzten Wochen. Es war gut so, wie es war. Mit diesem Gedanken schlief er ein. Am Morgen nach dem Frühstück verabschiedete sich Nyffeler bei den beiden in der Hotel

Lobby auf seine kühl distanzierte Art, wie man ihn kannte. Aber seine wässrigen Augen sagten und deuteten etwas anderes. Sie drückten sich zum letzten Mal die Hände. Marco kam trotz allem ein leises Danke über die Lippen, während er Nyffeler die Hand reichte. Er schritt in Richtung Hotelausgang zu seinem Taxi und allen dreien war bewusst, dass dies die letzte Begegnung zwischen ihnen zu sein schien, an der alle lebend teilnahmen. Die beiden schlenderten wortlos in ihre Zimmer, zogen ihre Mäntel an und nahmen den Weg zu Beer unter die Räder. Er begrüsste die Zwei herzlich und hiess sie willkommen. Er bat sie in den Wintergarten und bot ihnen Kaffee an. Die Wintersonne schien durch die einzelnen Wolken hindurch und zauberte eine eigenartige Lichtstimmung in den Raum. Obwohl es draussen kalt war, zeigte das Thermometer Raumtemperatur an und es war angenehm, da zu sitzen und sich dem süssen Nichtstun hinzugeben. Nach dem Kaffee begab sich Erich in das Arbeitszimmer in das Obergeschoss, während Beer Marco durch das Gebäude führte. Als der Rundgang beendet war, gesellte sich Marco zu seinem Freund. Es war in der Zwischenzeit Mittag und die beiden wurden an die Tafel gerufen. Es gab herrliches Fleischragout mit Reis und Gemüse gefolgt von einem Dessert und Kaffee. Als das Mittagessen verspeist war und es Nachmittag wurde, verabschiedeten sich die beiden von Beer. Sie mussten noch ihr Gepäck fertig packen einchecken und am Morgen früh abreisen da der Flieger um neun Uhr abhob. Patenonkel Beer bestand darauf, dass sie von seinem Fahrer auf den Flughafen gebracht werden. Widerstand schien zwecklos und somit gaben die beiden dann schliesslich nach.

Der Wagen mit dem Chauffeur stand pünktlich frühmorgens vor dem Hotel. Bereit Erich und Marco auf den Flughafen zu bringen. Die Reise gestaltete sich äusserst angenehm und die beiden schlossen in Stockholm Arlanda ihre Liebsten nach einer harten Zeit in die Arme. Er genoss es, daheim in seiner gewohnten Umgebung zu sein und mit Elvis im benachbarten Wald seine Runden zu drehen. Marco war ebenfalls wieder in seinem geliebten chaotischen Reich angekommen. Am Abend waren alle bei der Familie Sohm zum Nachtessen geladen und sie berichteten von ihren Begegnungen, Erlebnissen und Erfahrungen. Zum Schluss bestätigten beide, dass Sie Erich und Marco den richtigen Schritt unternommen hatten, der gefehlt hatte in Bezug auf ihre Vergangenheit. Vergessen nein, aber damit Frieden schliessen und akzeptieren, wie es war und nun ist. Es gilt ab jetzt für beide die Zukunft zu geniessen mit ihren Familien und vorwärts zu schauen in eine Zeit voller Hoffnung.

„Erichs Eltern"

Die Mutter stammte aus einer Bauernfamilie. Sie hatte als Mädchen den Traum mit Stoffen, Kleidern oder Mode ihr Geld zu verdienen. Ihre Mutter, die Grossmutter von Erich war dahingehend ein kleiner Treiber, erledigte Sie doch in Heimarbeit für eine grosse Stickerei sogenannte Korrektur Arbeiten an den bestickten Stoffen. Sie besserte Fehler aus, die in den Textilien aus der Produktion anfielen. Dies Unregelmässigkeiten erkannte man von blossem Auge kaum und wurden mühsam, unter einem Vergrösserungsglas nachgestickt. Esther die Mutter von Erich war gerne dabei, wenn Grossmutter in der Stube am Tisch die Stoffe ausbreitete und tagelang mit der Lupe die Fehler absuchte und sie mit Nadel und Faden ausbesserte. Am faszinierendsten für sie war jeweils, wenn der Kurier der Auftragsfirma wöchentlich einmal auf dem Hof vorbeikam, die korrigierten Stoffballen abholte und neue Arbei-

ten brachte. Der Wagen war vollgestopft mit Stoffen auf Kartonrollen aufgewickelt oder sogar in Ballen aufgeschichtet. Die kleine Esther stellte sich dann immer vor, wie diese Textilien in die grosse weite Welt hinausgetragen werden. Vom Hof, zu den Königshäusern in aller Herren Länder. Diese Faszination liess sie nie mehr los. Sie absolvierte im Alter von 16 Jahren in der nahegelegenen Stadt eine Ausbildung zur Schneiderin. Der zweitälteste Bruder Peter welcher an der Universität Wirtschaft und Jura studierte, trug jeweils von der Schwester genähte Sakkos, Westen und Hosen, für die er manches Lob erhielt. Der älteste Bruder übernahm den elterlichen Hof. Sie waren eine glückliche Familie und wohnten im Grünen am Rande der Stadt. Sie hatten alles, was sie benötigten und für die damalige Zeit war es ihnen möglich, sich etwas zu leisten. Ihr Hof warf genügend ab und die Teller zum Essen waren immer gefüllt. Esther fand so den Gefallen an ihrem Beruf, dass sie sich nebenbei das Zeichnen von Mode in Kursen und in unzähligen Stunden des Selbststudiums aneignete. An einer lokalen Modeschau des Textilmuseums lernte Sie ihren zukünftigen Mann kennen. Er hiess Ernst, war Sohn einer der grossen Stickerei Familien in der Stadt und er war wie Esther ebenso an Stoffen und Mode interessiert wie sie. Sie fanden schnell den Draht zueinander und es dauerte nicht lange, da heirateten sie und bezogen eine Wohnung. Der Familienbetrieb wurde von dem älteren Bruder von Ernst geleitet. Er selber kümmerte sich um die Stoffe deren Herstellung, Qualität und entwarf seine eigenen Kollektionen. Die Heirat mit Esther dem Mädchen vom Lande war dem Schwiegervater lange ein Dorn im Auge. Er hätte seinen Jungen lieber mit einer Tochter eines anderen Stickerei Unternehmers verheiratet gesehen. Die Mutter von Albert war eine zu jener Zeit aufgeschlossene und weltoffene Person und sie hatte ihre helle Freude an Esther. Sie fuhr einige Male mit Ihrer Schwiegermutter als Begleitung an diverse Modeschauen und Einkaufsmessen

mit. Sie hatten eine herzliche und vertrau-
ensvolle Beziehung zueinander und respek-
tierten sich.

Eines Tages beschlossen Erichs Eltern sich, mit dem Entwurf und Vertrieb von
Stoffen zu verselbstständigen. Sie gründeten eine kleine Firma. Peter der Bruder von
Esther half dem Paar dabei. Er beriet sie in
finanziellen Belangen, liess sein Netzwerk
spielen und griff ihnen somit bei der Grün-
dung unter die Arme.

Nach der Errichtung des Stoffhandels
von Erichs Eltern erkrankte die Mutter von
Ernst und starb kurz darauf. Ebenso erging
es seinem Vater nur wenige Jahre später.
Esther und Ernst hatten nicht lange Zeit zur
Trauer, da das Geschäft lief mehr als erwartet und die Entwürfe von ihr waren sehr gefragt. Zu all dem Glück gesellte sich die Ge-
burt von Erich. Die beiden frisch gebackenen Eltern waren Stolz auf den Stammhalter.
Esther nahm sich zu Gunsten des Kindes
aus dem Betrieb zurück und genoss es, Mutter und Ehefrau zu sein. Bis zu jenem

schicksalhaften Tag, die zwei auf einer Geschäftsreise mit dem Auto auf der Fahrt nach Hause tödlich verunglückten. Niemand vermocht zu erklären, was geschehen war. Man fand das völlig demolierte Fahrzeug am Fusse eines Abhanges. Mit den beiden Toten darin.

Sofort nach bekannt werden des Unglücks übernahm der Bruder von Esther die Abwicklung sämtlicher Geschäfte und war darum besorgt, dass der Kleine versorgt wurde. In seiner Position bei der Kantonsregierung war es für ihn ein leichtes dafür zu schauen, dass alles Hand und Fuss hatte. Erich geriet dabei vergessen.

So wurde er zu einem Vollwaisen. Zu einem Kind von vielen, dass die Erziehung und Werte des Hauses „Zur Redlichkeit" durchlief und verinnerlicht bekam.

Epilog

Das Kinderheim wurde in der Zwischenzeit wie schon in der Geschichte beschrieben zu einem Ort an dem Handwerker, Künstler und andere Gewerbetreibende einen Werkplatz und Bleibe fanden, um ihren Berufen nachzugehen. Doch trotz dieser sehr guten und kreativen Lösung sei daran erinnert, wenn diese Wände sprechen könnten über all die Tränen der Verzweiflung, Wut und Angst, die darin geflossen sind. Die Schreie der Züchtigungen und deren Folgen von sich geben würden, deren stummes Echo von ihnen geschluckt wurde. Was wäre dann. Ein Kabinett des Schreckens und des Horrors. Daher haben wir die Pflicht, die goldenen Lettern über der Tür „Zur Redlichkeit" nicht verblassen zu lassen. Diesen Zeichen ist beschieden, Bestand zu haben, in alle Ewigkeit. Stellvertretend für die Ungerechtigkeiten, die den jungen Geschöpfen widerfahren sind.

Die besuchten Mitglieder des Heimra-

tes lebten ihren Weg etwas bewusster und in einer Form von Läuterung oder sogar Demut weiter. Der Arzt Herr Schedler hatte mit dem Verlust seiner ganzen Familie am eigenen Körper erfahren, was die Kinder jahrelang unter seiner Mitwirkung ertragen und erleiden mussten. Er lebte nach seiner privaten Insolvenz von der Fürsorge und einige Zeit später fand er Unterschlupf in einem Altersheim. Er starb Jahre danach einsam und alleine.

Der Verantwortliche für die Liegenschaften Herr Lehner welcher mehr seiner Spielsucht frönte und seinen Job deswegen verlor, lebte noch einige Jahre einsam und verlassen in seiner Sozialwohnung. Er verstarb ebenso alleine wie Schedler.

Herr Wegener nahm sich kurz nach dem Besuch der drei Männer wie beschrieben das Leben. Aber auch ihn strafte das Leben, in dem er alles hatte, es nie auskosten konnte aus lauter Angst vor dem Verlust von Status und Ansehen. Er starb einsam und verlassen umgeben mit Insignien des

Wohlstandes.

Die treibende Kraft und der Motor der ganzen Geschichte Herr Sutz verkaufte zusammen mit seiner Frau das Anwesen und spendete den Erlös an eine wohltätige Stiftung. Sein Gewissen liess sich damit nicht befriedigen. Er zog in eine Siedlung am Rande der Stadt und verstarb nicht lange nach dem Umzug an einem Herzversagen. Seine Frau engagierte sich für soziale Projekte zu Gunsten von Kindern.

Peter Beer lebte noch einige Jahre in der Villa. Er erhielt von Erich das Wohnrecht auf Lebzeiten. Zu seiner Aktivzeit war er im öffentlichen Leben der Strippenzieher hinter den Kulissen mit mässigem Erfolg, was seine Tätigkeiten im Heimrat anbelangten. Aber mit umso grösseren in seiner persönlichen Karriere und mit dem Verwalten der Hinterlassenschaft von Erichs Eltern. Er baute zu ihm und Marco eine innige Beziehung auf. Er besuchte die beiden des Öftern, trotz des Alters, in Schweden und lernte ihre Familien kennen und lieben. Er starb Jahre danach an einem Hirnschlag in seinem Haus.

Marco heiratete seine Annafrid schon bald nach seiner Rückkehr aus der Schweiz. Sie haben zwei Kinder ein Junge und ein Mädchen und wohnen auf einem Bauernhof in der Umgebung von Stockholm und von Erichs Familie. Marco wurde an dem Vermögen und Besitz beteiligt, wie sie beide schon immer alles geteilt hatten. Er arbeitet weiterhin bei der Polizei in der Cyber- und Wirtschaftskriminalität, obwohl er aus den Zuwendungen von Erichs Firmen nicht zu arbeiten hätte. Er suchte mit dem Erhalt der Festplatte mit den Insassendaten nach seinen Wurzeln, seiner Herkunft und seinem Elternhaus zu forschen.

Erich wurde in die Geschäfte der nachfolgenden Unternehmung seiner Eltern seriös eingeführt. Einerseits durch seinen Patenonkel aber ebenso durch die Führungsorgane des bestehenden Konsortiums. Er hat nach einiger Zeit die Anstellung bei der Bank gekündigt und hat sich seiner Familie und dem Erbe seiner Eltern gewidmet.

Jorit und er bauten das Anwesen von Lasse und Hedda um und wohnt mit seinen Liebsten auf dem Hof. Seine Schwiegereltern leben in einer Altersresidenz nicht weit von ihrem alten Hof entfernt. Er spielt noch immer Fussball zusammen mit Marco in der Seniorenliga. Er ist regelmässig in der Schweiz anzutreffen, da er sich aktiv um seine Geschäfte kümmert. Öfters begleiten ihn seine Frau und seine Kinder, wenn es die Schulzeit zu lässt. Sein Patenonkel wurde ihm ein persönlicher Berater und Freund seiner Familie. Das Anwesen in der Schweiz verkaufte er nach dem Tod seines Onkels an eine Institution, die mit behinderten Kindern arbeitet. Er nahm dafür zusammen mit Marco Einsitz in den Stiftungsrat.

Nyffeler verstarb, kurz nach dem er in den in den Spital eingetreten war, an den Folgen seiner Krebserkrankung. Er wird für die beiden Männer ein Mahnmal bleiben für den Umgang mit seinem eigenen Leben. Wie schnell man von der Sonnenseite zur Seite des Dunkeln geworfen wird, ohne *gross etwas dafür oder dagegen zu unternehmen. Aber Nyffeler steht ebenso für eine Art Gerechtigkeit, Aussöhnung und den Glauben an das Gute.*

Mich persönlich hat im Zuge verschiedener Aktionen in der Schweiz bezüglich „Verdingkinder" dazu angehalten mein Missfallen niederzuschreiben. In meiner Familie war ebenfalls ein Elternteil ein Waisenkind ohne Eltern. Aufgewachsen in obskuren Verhältnissen in der das Gesetz von Zuckerbrot und Peitsche herrschte. Wobei eher das erst Genannte zur Anwendung gelangt. Ich habe mir erlaubt, für dieses Buch keine grossartigen Recherchen zu betreiben. Ich schrieb einfach über Vorstellungen und brachte Gedanken zu Papier. Mein Appell an die Gesellschaft und jeden Einzelnen, der darin lebt, ist nicht alles zu hinterfragen, Aber offen zu sein und zu bleiben für unsere Mitmenschen, den Wohnungsnachbar, den Kameraden aus dem Sport und Fragen zu stellen. Mit einem simplen „Wie geht es dir?" Stösst man manche Türe auf.